즐거운 어른

즐거운 어른

이옥선 산문

이야기장수

한입으로 두말하는 사람의 변명

50대 초반에 집안일로부터 조금씩 자유로워질 때쯤 동네 문화센터에서 생활참선 수업을 받았다. 체조 비슷한 동작을 삼사십 분 정도 하고 결가부좌를 하고 앉아서 단전호흡을 했다. 허리를 꼿꼿이 세우고 앉아서 아무 생각 없이 있는 것이 쉬울 것 같았지만 결코 쉽지는 않았다. 숨을 한 번씩 쉴 때마다 숫자를 세어서 열까지 가면 다시 하나둘 센다. 정신을 똑바로 세우지 않으면 열셋넷 마구 나간다. 결국 앉아 있는 시간을 차츰 늘려나가는 것이 곧 배움이다. 처음엔 발도 저리고 지루했다가 차츰 조금씩 나아졌다.

명상 지도자 선생이 말하기를 생각이라는 놈이 (좋은 생각이나 나쁜 생각이나) 나쁜 놈이니 가능하면 생각이 많아지지 않도록 책도 읽지 말라고 했다. 아니 뭐라굽쇼? 책을 읽지 말라니 그럼 이제 나는 남는 시간에 뭘 하나? 그래도 계속 책을 읽기는 했지만 뭔가 켕기는 기분이 약간 들었다.

그 무렵이었나, 좀더 지나고 난 뒤였나. 『독서의 위안』(송호성, 화인북스)이라는 책을 보았다.

"책을 읽는 목적은 우선은 자신의 식견과 안목을 높이는 데 있고, 궁극적으로는 정신적으로나 정서적으로 쿨cool해지는 데 있다. '쿨해진다'는 건 냉정해진다기보다는 냉철해진다는 것을 의미하고, 세상을 등지는 게 아니라 세상과의 심리적 거리를 유지하는 걸 뜻한다."

"독서는 일종의 구도 행위"라는 것이다. 이 책의 전체 내용은 희미하지만 이 대목은 나에게 위안을 주었다.

책을 읽으면서 나이가 드니 어쩐지 스스로 배짱이 두둑해지면서 세상에서 잘나가는 다른 사람들이 별로 부러운 생각이 들지 않았다. 전업주부로만 쭉 살아왔지만 이게 스스로 만든 자존감인가 싶었다.

몇 년 전 아침을 먹으려고 식탁에 앉던 남편이 "쳐라, 가

혹한 매여" 이런 말을 해서 내가 또 웬 소리냐는 눈빛을 보냈더니 "무지개가 보일 때까지"라고 덧붙였다. 뭔 소리래? 했더니 이 시조의 제목이 '팽이'라고 답했다. 그제서야 저 양반이 아침 신문에서 무슨 기사를 봤나 싶었다. 그렇지만 그 표현이 절묘한 것 같아서 전문을 다 말하라고 했더니 "나는 꼿꼿이 서서 너를 증언하리라/무수한 고통을 건너/피어나는 접시꽃 하나"라고 했다. 이우걸 시조시인의 대표 시인데, 남편과도 아는 사이라고 하면서 고향이 창녕이라고 했다. 이런 대화를 주고받는 일은 극히 드물다. 남편이 시인이라 해서 집안의 분위기가 대단히 기품 있으리라 예상했다면 큰 오산이다.

우리집은 생각과는 달리 온갖 원시적인 낱말들이 난무했다. 봄이 올 듯한 계절에 누군가 "꽃등인 양 창 앞에 한 그루 피어오른"이라고 운을 떼면 "살구꽃 연분홍 그늘 가지 새로/작은 멧새 하나 찾아와 무심히 놀다 가나니"(유치환 시 「춘신春信」 중에서) 정도만 같이 암송했던 적은 있다. 그 외에는 기르던 강아지를 놓고 까미 산보는 했나, 오늘 까미 똥쌌나. 저 자슥이 왜 사료는 안 먹고 토마토를 좋아하냐, 이런 실없는 소리나 하고, 원고 쓰다가 잘 안 되는 것도 마누라에게 짜증을 내기 일쑤고, 하여간 남들이 볼 때 시인이며 교수인 남편과 사는 집이라고 별달리 지적인 대화가 오가지는 않았다. 뭘 먹을지 옷은 뭘 입을지 방이 춥거나 덥지는 않은지 떠들다가 보고 있는 TV 소리가 크다고 불평하거나 경상도 사람 특유의 퉁명스러운 말투 때문에 또 퉁명스럽게 받았다가 싸우기도 하고, 사람 살아가는 모양새는 어느 집이나 다 비슷할 수밖에 없다.

누군가 말했듯이 가족이라 다 좋아 사는 건 아니고, 타인은 어차피 견디어주는 거라고 했다. 한번은 남편이 속한 '시와 자유' 동인들이 모인 술자리에 갔다. 이 시인들이 어찌나 원색적인 언어들을 사용해가며 말을 하는지 내가 시인들이 왜 그렇게 욕을 많이 사용하냐고 타박했다. 그러자 한 분이 시인들은 모든 한국말을 빠짐없이 골고루 사랑해주어야 하는 의무가 있기 때문에 일반 사람들이 잘 안 쓰는 언어를 찾아내서 자주 사용해야 할 책임이 있다는 거다. 내가 말을 말아야지……

나는 대부분의 문인들을 좀 엄살이 많은 사람으로 인식하고 있는데, 개중에서도 시인들이 제일 엄살이 심하다고 생각한다. 자기 자신의 감정만 너무나 소중한 나머지 다른 사람의 감정을 살필 여유가 없는 사람 정도로 인식하고 있었다. 내가 스스로를 문학애호가 정도로 생각하고 직접 뭔가를 써서 발표해봐야겠다는 생각은 통 하지 않았던 것은, 엄살을 부려 내 감정을 증폭시키는 자세가 안 되어 있다보니 글을 쓰고 보면 그렇게 메마를 수가 없어 보였기 때문이다. 나는 지극히 현실적인 사람이라 내 꼬라지를 내가 안다고 생각하는 사람이다.

어떻게 하다보니 아이들을 키울 때 쓴 육아일기를 출판하고 에세이도 같이 몇 편 실었다. 그때 몇 번의 북토크를 했는데, 누군가 앞으로 에세이집을 다시 낼 생각이 없느냐는 질문을 했다. 나는 단칼에 다시는 나무를 잘라서 책을 낼 일은 없을 것이라고 답했다. 나는 그때까지도 나를 작가라고 칭하면 손발이 오그라들고 못 볼 꼴을 본 것처럼 어색하기가 이루 말할 수 없었기에 책을 다시 내다니 안될 말이라고 다짐했다. 그리고 그 책 『빅토리 노트』는 이미 옛날에 써둔 일기이고 에세이들도 이미 어딘가 발표해서 세월이 좀 지난 것들로 책을 냈지만, 내가 새 글을 다시 쓸 일은 없다고 생각했다. 새로이 글을 쓰는 행위는 나이깨나 먹은 나에게 부담을 주는 숙제를 떠안는 꼴이라는 생각이 들었다. 숙제라면 딱 질색이다.

졸업한 고등학교의 문학동인지에 실릴 에세이를 두어 편 써서 딸내미에게 한번 읽어보라고 보낸 적이 있다. 일이 어떻게 되었는지 2023년 8월 중순에 이야기장수 출판사의 이연실과 황선우 김하나 셋이 부산에 휴가를 왔다며 밥을 같이 먹자고 했다. 알고 보니 그 자리는 나에게 새 에세이 집을 내자고 강요하는 자리였다. 셋은 나에게 물고문을 하였다. 자기들은 시원한 맥주를 마시면서(나는 운전 때문에 술을 마실 수 없었다) 나는 물만 마시는 자리가 두 시간 넘게 이어지면서 나는 어쩔 수 없이 책을 내도록 해보겠다고

약속해버렸다. 아니 어쩌자고 이런 중대한 사달을 내버린 건지 이제 어쩔 거야 하며 자책했는데, 나는 약속을 하면 또 꼭 지켜야 하는 범생이 기질이 있어 심기일전하고 해보자고 다짐했다.

그런데 얼라리어! 글을 쓰다보니 내 안에 이렇게 할말이 많았나 싶게 거의 일주일에 한 편씩 쓰는 속도로 진도가 나갔다. 글을 쓰면서 나이를 먹어야 알 수 있는 것들도 있고, 또 나이는 많이 먹었지만 포기하고 싶지 않은 것도 있다는 걸 알게 되었다. 젊은 사람을 대변하는 글들이야 차고도 넘치지만, 그냥 보통의 주부 노릇을 오랫동안 해온 나같이 나이 많은 사람도 뭔가 할말이 쌓여 있었던 것이다. 그래서 한입으로 두말하는 이상한 사람이 되었다고 변명합니다.

선처 부탁드립니다.

2024년 8월

이옥선

차례

2부 나에게 관심 가지는 사람은 나밖에 없음에 안도하며

1부

인생살이,
어디 그럴 리가?

새판을 짜야 할 때가 왔다

성춘향과 이몽룡이 눈이 맞자마자 그날 바로 남녀 간에 만나서 할 수 있는 일은 다해버릴 수 있었던 것은 둘 다 열여섯 살이었기 때문이다. 그것은 물론 그쪽 계통의 노련한 큰손 월매의 의향대로 흘러간 감이 있지만, 어쨌든 열여섯 살의 나이가 아니었다면 사건 발생은 좀더 숙고되어야 했을 것이고 춘향이 옥살이하는 일도 없었을지 모른다. 잠자는 숲속의 공주가 모르는 외간남자의 키스 한 번에 눈이 번쩍 떠졌다는 것도 그녀가 열여섯 살이었기 때문이다. 줄리엣은 열네 살 때 열다섯 살의 로미오를 만나서 순식간에 결혼해버린다. 모든 사건사고가 일어난 날이 닷새밖에 안 된다. 심청이 과도한 효심 때문에 인당수에 뛰어든 때의 나이가 열다섯 살(얼마나 어른들이 효도를 칭송하며 은연중 강요하는 문화였을지 끔찍하다). 열여섯 살 이쪽저쪽의 나이에는 사랑하는 사람을 위해서 목숨도 쉽게 버릴 수 있고, 나라를 구하는 일처럼 대의명분이 있으면 나의 목숨 따위는 아무래도 상관이 없는 것이다.

이제까지 잠잠하던 인간 존재가 왜 하필 이때쯤 사건사고를 치느냐 이 말이지. 이것은 호르몬의 분출 때문이다. 본능에 아주 충실할 때 나타날 수 있는 결과다. 이런 과정을 통과하면서 인간으로서 성숙해지고 인격을 키워나가는 것이다. 대부분 동화의 주인공인 공주나 왕자들에게도 이 나이쯤 사건이 발생한다. 물론 동화에서는 결혼해서 오래오래 잘 먹고 잘살았다, 라고 끝나지만. 인생살이가 어디 그럴 리가? 앞서 거론한 사건들이 일어난 시대의 평균수명은 지금의 반도 안 됐으니 지금 시대로 환산한다면 열여섯 살 곱하기 두 배라면 서른두 살이 적령기 되시겠다.

요즘 사람들은 드라마나 영화 등에서 많은 것을 배워서 본능에 충실히 살면 인생 끝장난다는 걸 이미 알고 있다. 평균수명이 늘어나도 생명력의 분출은 예전과 같아서인지, 아니면 보고 듣는 게 맨 그런 거라서인지, 영양 상태가 좋아서인지 초등학교 때부터 생리를 시작하는 경우가 많다. 그러니 아직 생각은 여물지 못했는데 이상한 것들에 호기심을 가지고 엉뚱한 일을 벌이는 아이들이 범죄의 희생양이 되는 경우도 많아 심히 걱정스럽다. 이 문명사회에서는 자칫 잘못하면 〈고딩엄빠〉라는 프로에 출연할지도 모른다.

어느 책에 보니까 중세에 왕자들이 왜 그렇게 이곳저곳을 싸돌아다녔느냐 하면, 장남이 모든 영지를 물려받고 빈털터리 개털 된 둘째 셋째 왕자들이 어디 안착해서 처가 덕이나 볼까 해서 백마를 타고 무남독녀 외동딸을 물색하러 다닌 것이란다. 그렇다면 백설공주나 백년을 잠자는 공주가 실로 적당한 상대라 하겠다. 그러니 외동인 여자들은 별 하는 일 없이 흰색 중고차를 몰고 이리저리 기웃거리는 녀석이 있더라도 관심을 가지면 안 된다. 그놈은 백마 탄 왕자님이 아니야~ 남자를 보는 안목을 기르라고, 하긴 나도 별수없었지만. (나는 외동이 아니니까 그딴 걱정을 할 형편은 아니어서 다행이랄까?)

고전평론가 고미숙씨의 말에 따르면 우리의 선조들은 성호르몬이 왕성하게 분출되던 시기에 다들 결혼하고 왕성한 생명 활동을 했다는 거다. 그때는 모두 가난하고 못 배웠어도 지금의 젊은이들처럼 생리적 허기를 채우지 못해 박탈감을 느끼는 일은 없었다고 본단다. 하긴 우리 어머니도 열일곱 살에 결혼해서 열여덟 살에 언니를 낳았으니까 그 말의 산증인이다. 불과 7, 80년 전만 해도 모두 이러고 살았다.

가장 근본이 되는 라이프스타일도 세대마다 이렇게 현격하게 차이가 나는 이 시대에 살면서 나는 생각해본다. 인간들이 이제까지 가족 간의 중요한 가치로 알고 전통이니 가문이니 운운하면서 살아온 것들이 순식간에 없어지는 게 아닐까. 이 문명은 너무 빨리 발전해서 곧 새판을 짜야 하는 새로운 문명이 도래해야만 할 것 같다. 따지고 보면 지나치게 남성 편향적인 세상이었기 때문에 이제 그 몰락의 장이 시작되었다고 본다. 무슨 친족이 쪽수라도 많아야 우리 가문이라는 말을 할 수 있을 텐데, 삼촌 숙모 고모 당숙 조부모 사돈의 팔촌까지 다 모아봐야 몇 명 되지도 않는다면 가문의 영광이니 가문의 수치니 할 것도 없다. 부모와 달랑 아이 하나 정도의 가족이니 가문이랄 게 있나. 게다가 요즘 각 세대 집집마다 남자들이 죄 먼저 죽고 실제로 제사를 모시러 다 모여보면 다른 성씨의 여자들만 남아 있다. (남자들의 평균수명이 짧다보니 자연히 그렇게 된다.) 예전 같으면 그 아들들이 책임감을 느끼고 가문의 수장 노릇을 하려고 하였겠지만, 지금의 4, 50대는 제 앞가림하기도 버거운 세대다. 그러니 어머니의 눈치만 본다. 따지고 보면 남자들 집안의 계승도 여자들이 없으면 이어가기가 쉽지 않았을 터, 여차하면 모든 가족이 해체되고 개개인만 남을 것 같다.

가부장제가 나빴다곤 하지만, 실제로 제대로 된 가부장이라면 집안의 모든 문제에 책임감을 가지고 가정을 통솔하며 집안의 먼 일가친척도 내 사람이라 여겨 같은 성씨의 일족을 끌어안으려 했다. 또 이혼을 하더라도 남자 쪽에서 자녀에 대한 부양의 의무를 지는 것을 당연하게 여겨 다른 말이 필요 없었다(이것이 옳았다는 뜻은 아니다). 이런 정서가 밑바탕에 깔려 있었으므로 아무런 복지제도가 없었던 그 시절에도 인간들끼리 대충 해결할 문제들은 해결해가며 살았던 것이다.

아파트 생활을 하기 시작하면서 땡잡았던 남성 군단은 전업주부를 부인으로 둔 남자들이다. 주택에서 주로 살던 그전 세대의 남자들은 가정에서 은근히 할일이 많았다. 집 안의 난방을 책임지고(장작을 조달하는 일이 대표적인 것이었고, 이는 남성성의 과시와도 연결된다) 주택을 수리하며 (초가지붕을 이는 등의 상황) 물지게를 진 남자들도 흔히 볼 수 있었다. 막힌 하수도도 손봐야 하고 엉성한 주택살이에서 경비 역할도 맡아야 했다. 이때만 해도 남자 없이 사는 여자들의 고달픔이란 지금은 상상할 수도 없는 지경이었다.

하여간 아파트에 살면서 이런 일련의 일들에서 해방된 남자들은 집안에서 해야 할 일거리들 자체가 없어졌다. 그럼에도 아내가 집안을 돌본다는 명제만 강조하고 그들은 가사에서 완전히 손을 털었던 것인데(이 시기에 맞벌이한 여자들의 노고는 피눈물이 날 지경이었다. 남자들의 생각 없음으로 인해서 그야말로 슈퍼우먼이 탄생하던 시절), 이제 맞벌이 시절에 돌입하게 되니까 다시 가사 분담을 두고 서로 티격태격하는 사태가 발생하는 것이다. 요즘은 결혼하고 아이를 하나씩만 낳는 풍조가 지속되어서 세월이 흐를수록 세태가 어떻게 돌아갈지 감도 안 잡히지만, 달랑 가족 셋이서 우리 집안이라 해봐야 거기서 끝이다. 조금 더 세월이 가면 사촌이라는 말도 없어질지 모른다.

남편의 장례식 때 모든 결정은 내가 해야 했다. 예전 같으면 집안의 큰어른이 나서거나 해서 의견이 분분하고 장성한 아들의 의견도 중요했을 것이다. 하지만 요즘의 40대는 아무래도 아직 철이 다 들지 못한 감이 있어서 큰 역할을 하지는 못하고 어디서 주위들은 소리라고 어떻게 하면 안 좋다던데 하는 추상적인 말만 한다. 나는 처음에는 아무 생각 없이 어리바리하고 있다가 어느 순간 모든 것은 내가 결정한다는 기준을 세웠으며 화장을 하고 유골은 선산에 모셨다. 나는 그때까지 시가의 모든 행사에 빠짐없이 참석했으며 시사時祀나 벌초, 기제사 등등에도 남편은 못 가더라도 내가 다 참석했던 것인데, 코로나 동안의 학습으로 굳이 명절이나 제사에 같이 모이지 않는다고 하늘이 벌을 주거나 집구석이 망하는 일은 발생하지 않는다는 사실들을 모두가 알게 되었다.

남편의 장례식이 끝난 뒤 달포쯤 지났을 때 시아버지의 기제사에 참석했다. 이제 이 집안의 남자 어른들은 다 떠나고 동서들은 아프거나 사정이 있어 참석하지 못한 상황이었다. 어차피 바로 손위 동서와 나의 결정이 그대로 반영될 수밖에 없는 상황이다. 나는 남편의 제사를 지내지 않겠다고 선언했다. 의외로 손위 동서는 다른 의사를 표명하지 않았다. 그리고 추석에도 각자 집에서 알아서 지내기로 하고, 사촌들끼리 얼굴이라도 볼 작정이라면 설날은 참석하겠다고 그야말로 선언을 한 것이다. 그날 제사를 끝내고 음복주에 취해 옆에서 쓸데없는 소리를 하는 남편도 없이, 오밤중에 빙글빙글 도는 우주로 통할 것 같은 부산항대교를 지나면서 "나는 자유다!"라고 크게 소리지르고 싶었지만 마음만 그렇게 했다.

내가 왜 이렇게 과감하게 굴 수 있었느냐 하면 그동안 여러 케이스를 봤기 때문이다. 문중의 여자가 유방암에 걸려서 입원하고 나니까 그동안 제사는 정성이라는 말을 입에 달고 살던 양반이 제사를 지낼 엄두도 못 내고 대책 없이 있는 집도 봤고, 부인이 먼저 죽고 나니 며느리 없는 집은 자기 부인 제사조차 못 지내는 케이스도 봤다. 결국 이 모든 전통이니 가풍이니 하는 것들이 남의 집 딸들 데려다가 자기네 조상 섬긴 것밖에 안 된다는 걸 너무나 실감나게 느낀 덕분이다.

이제까지 아무 소리 없던 성균관에서 갑자기 제사 간편 상을 시전하고, 갑자기 제사를 절에다 모신다는 집들도 엄청 늘어났다. 기독교인들이야 어차피 제사를 안 지냈으니 이제 우리나라에서 제사 지내는 집이 얼마나 될 것이며, 명절 때 인천공항에 길게 늘어선 관광객 행렬을 보면서(조상 덕 많이 본 사람들은 비행기 타고서 여행 가고, 조상 덕 못 본 사람들만 제사 지낸다고 전 부친다는 말도 있다) 명절도 명분만 남고 조금 긴 휴가를 얻는 핑계에 불과하겠구나 하는 생각이 든다. 그것이 옳든 그르든 전혀 새로운 세상이 된다는 것은 자명한 사실이다.

그러니 새로운 판을 짜야 옳다. 한국의 여자들은 너무 똑똑하고 교육도 다 잘 받았다. 사태 파악이 빨라 비혼자도 늘었다(남자 잘못 만나 인생 망한 여자는 있어도 안 만나서 망한 여자는 없단다). 더러 남자들도 비혼을 선호하고, 결혼하고도 아이 없이 사는 풍조도 늘어간다. 출생률이 세계에서 제일 낮다는 것이 나쁘기만 한 것은 아니다. 지구의 부담을 줄여주는 일이니까. 인구 정책을 논의하는 사람들은 안 봐도 알 것 같은데, 50대 중반을 넘은 고위직 남자거나 남성적 돌파력으로 그 자리까지 올라간 여성일 것 같다. 아이 하나 낳는 데 돈 얼마를 지급하겠다는 얄팍한 정책 가지곤 먹혀들지 않는다. 제도적 결혼 안에서만 인구를 늘리려는 생각으로는 절대로 인구가 늘지 않는다에 500원 건다. 아니 5천 원 건다.

골든에이지를 지나며

많은 돈을 쌓아놓은 것은 아니지만 어쨌든 굶어죽을 걱정은 안 해도 된다. 돈을 아껴 모아서 집을 사야 할 일도 없다. 꼴 보기 싫은 상사가 있는 직장에 다니지 않아도 된다. 앉으나 서나 자식 걱정 같은 것도 안 해도 된다. 자식들은 이미 성인이 되어 오히려 나를 걱정할지도 모르는데, 자식들이 걱정한다는 것은 엄마로서 명예롭지 못하다고 생각하기 때문에 꼭 필요한 일이 아니라면 전화도 잘 안 한다. 엄마는 항상 씩씩하게 잘산다는 메시지를 준다. 남편 저녁밥상에 뭘 올릴지 메뉴 때문에 골치를 썩이지 않아도 된다. 그렇다, 지금 나는 팔자가 늘어진 최고의 인생 한 시절을 보내고 있는 것이다. 어린 시절 이후 이렇게 자유롭고 편안한 시절을 보낸 적이 있었나 싶다. 아니 어린 시절에도 어른들의 눈치를 살피고 공부나 시험에 대한 부담도 있었을 것이니, 지금이 더 나은 시절일지도 모른다. 나는 오롯이 나의 생각만 하고 내가 하고 싶은 대로만 해도 되는 인간으로서 누구도 부럽지 않고 아무도 나를 귀찮게 하지 않는 그야말로 황금의 시기를 보내고 있다.

불면증이 있지만 내일 굳이 일찍 일어나지 않아도 되니 구태여 꼭 일찍 자야 할 이유도 없다. 친정어머니도 불면증이 있어 잠을 잘 못 잤다. "엄마, 잠 안 오면 어떻게 해요?" "까짓거 자지 말지, 뭐. 내가 뒷날 꼭 해야 할 일이 있는 것도 아닌데." 이렇게 대답해서 나는 통쾌함을 느꼈다. 그래도 계속 잠을 못 자면 안 되니 수면제를 먹고 자기도 했지만, 치매에 안 걸리고 93세에 돌아가셨다. 어머니는 나의 롤모델이었기에 나도 그런 문제에 대해서 고민하지 않으려고 한다.

아무도 나를 통제하지 않으나 결국 내가, 즉 내 몸이 나를 통제한다. 이 나이는 내가 나의 몸과 타협해야 하는 시기이다. 다행히 아직 크게 구체적으로 아픈 곳은 없다. 친구들이 말하기를, 메이커 있는 병만 없으면 아직 괜찮단다.

노화에서 오는 여러 징조들이 있지만 아직 크게 불편하지는 않다. 소소한 불편 정도는 이런 자유를 누리는 것에 의해서 상쇄된다. 그래서 가정법이지만 다시 젊어지는 것도 거부한다. 젊어져봐야 다시 또 노화의 시기는 오게 마련이어서 뻔히 아는 그 짓을 왜 또 한번 더 할까냐 싶다.

시간이 한정 없이 많을 것 같지만 나는 항상 바쁘다. 저녁에 어떻게 하다보면 그냥 자정이 넘어 있다. 아침에 늦게 일어나니까 하루가 짧고 밥도 두 끼밖에 못 먹는데도 배는 여전히 나와 있다. 다른 사람들은 나이를 많이 먹고 나면 밥을 먹어도 살이 안 찐다는데, 젊어서는 그렇게 빼빼하던 나도 지금은 먹는 것을 조절해야 하니 인체라는 게 정말 알다가도 모르겠다.

하기 좋은 말로 노년에 시간이 많으니 봉사활동이라도 하라고들 말한다. 나는 아무리 봐도 노년이라 시간이 많이 남아돌지는 않는 것 같다. 봉사라는 게 시간이 남아서 하는 게 아니라 봉사하고 싶은 마음이 있어야 하는 것이다. 나는 봉사하고 싶지 않다. 그동안 남편에게 봉사활동을 너무 많이 한 관계로 그만하면 내가 해야 할 봉사활동은 다

했다고 내 마음대로 생각한다.

일주일에 세 번 요가를 가고 한 번은 친구들과 산에 가고 일요일엔 헬스장에 간다. 게다가 매일 목욕탕에 가서 시간을 보내고 오니 남을 시간도 없다. 사람들이 할머니가 되면 할일이 없어 주리를 틀어댈 거라고 자기들 멋대로 생각한다. 그러니까 자식들은 지 자식을 갖다 맡기고도 별로 미안한 기색도 없고(오히려 소일거리를 줘서 다행이지? 하는 태도다), 손주는 봐주는 게 당연하다고 저희 편할 대로 생각하지만 천만의 말씀이다. 요즘 할머니들은 다 자기 나름대로 루틴이 있고, 나이들어도 새로 배우고 싶은 것은 얼마든지 있다.

젊은 저희들은 공연을 보러 가고 이름난 식당에 가서 긴 줄도 서고(시간이 남아나니까 그러겠지) 모여서 즐거운 놀이도 하고 친목도 도모하는데, 할머니들은 그런 시간을 가지면 안 되는 것도 아니잖나. 저녁 시간에는 유튜브나 또 다른 매체로 강연을 듣거나 책 소개를 듣기도 하고(직접 책을 읽는 것은 눈 건강 문제로 정말 필요한 것만 보기로 했다), 알라딘이나 예스24 등의 인터넷서점에서 신간이나 관심 있는 책의 리뷰도 챙겨서 본다. 젊은 사람의 시각도 느껴보고 요즘 각광받는 작가가 누구인지 다 알 수가 있다. 우리가 젊었을 때보다 워낙 쏟아져나오는 책이 많으니 다음에 도서관에 가면 빌려올 책을 따로 기록해놓기도 한다. (오랜 습관으로 아직도 도서관에 가서 몇 권의 책을 빌려오는데, 책의 앞뒤 표지 소개글과 모양새만 보고 도로 갖다주는 경우가 많아져서 당분간 책을 빌려오는 것은 미뤄두기로 했다.)

요즘 앤드루 포터의 『사라진 것들』이 주목받고 있는 모양인데, 도서관에 가면 틀림없이 아직 갖추어놓지 않았거나 있어도 누가 냉큼 빌려갔을 거란 말이지. 그러니 같은 작가의 『빛과 물질에 관한 이론』을 빌려올 작정으로 쪽지에다 써놓는다. 책을 사기에는 이미 내가 버린 책이 너무

많아서 이제 가능하면 책을 사지는 않으려고 한다. 그러나 그 또한 알 수 없다. 나는 아끼지 않기로 작정을 한 사람이다. 젊었을 때는 할머니가 되면 하루종일 책만 읽고 있어도 좋겠다 싶어 이 시기가 오기를 은근히 기다렸다. 그래도 사람 사는 게 언제나 기대와는 다른 양상으로 가기 마련인지라 나의 독서 생활 역시 예기치 못한 방식으로 흘러가고 있다.

한때 알라딘 서재에서 당신이 이 속도로 책을 읽어간다면 80세까지는 몇 권의 책을 읽을 수 있다는 통계를 올렸다. 이걸 만든 사람들은 사람이 늙으면 눈도 나빠지고 집중력도 떨어져서 젊었을 때와 같은 속도로 책을 읽을 수 없다는 걸 생각 못 했구나 싶었다. 거기다 새로운 매체들이 나오고 굳이 책을 읽지 않아도 시간을 보낼 여러 종류의 콘텐츠들이 줄을 서 있는 기분이 든다. 그러니 내게 걱정스럽게 '요즘 어떻게 지내세요?' '혼자서 적적하지 않나요?' 하는 인사 따위는 할 필요가 없다. 혼자서 지내니 세상 홀가분하고 자유롭고 좋다.

남편이 있을 때는 있어서 좋았다. 같이 먹고 싶은 점심을 먹으러 다니고, 아침에 미포 선착장(해운대의 동쪽 끝 지점)에 가서 방금 들어온 고깃배에서 갓 잡아온 자연산 광어를 사와서 남편은 회를 뜨고(바닷가 출신에다 낚시를 좋아해서 생선회 뜨는 게 취미였다), 나는 푸성귀를 씻고, 포를 뜨고 남은 뼈로 매운탕을 끓여 하루종일 먹었다. 그러다가도 금방 툭툭대기도 했지만 남편도 젊었을 때보다는 결이 삭아서 그럭저럭 봐줄 만했다. 가끔씩 되지도 않는 문제로 똥고집을 피우면 또 기세 좋게 싸우기도 했다. 남편은 유난히 필요 없어진 물건을 잘 버리지 못하는 성격이라 다 끌어안고 살려 했고, 인테리어를 해야 하는 문제를 두고 다투기도 했다. 남편이 가고 휑뎅그렁하던 시기를 지나고 나니 나는 이런 황금의 시기를 만나게 된 것이다.

보통 할머니가 되면 자기 몸에 안 좋은 음식은 안 먹을 수 있는 자제력이 생겨서 건강식만 먹을 줄로 나는 생각했는데, 어느 나이 대건 사람은 똑같은지라 한밤중에 속이 출출해지면 안 먹어도 좋을 스낵을 먹거나 쓸데없는 군것질을 하고는, 아침에 눈이 부어서 반쯤만 떠지고 후회를 한다. 요새는 눈이 부으면 완전히 할머니 눈이 되어 쌍꺼풀이 처져버리니까 인상이 고약해지는 것 같아서 보기에 영 안 좋다. 집에 아예 쓸데없는 먹을거리들을 안 사다두면 또 허전하고, 내가 뭐 천년만년 살겠다고 먹고 싶을 때 뭘 못 먹고 살 거냐 싶어서 남들이 몸에 안 좋다는 콜라를 또 사다놓고 속이 더부룩하면 벌컥벌컥 마신다. 이럴 때 아무도 잔소리하는 사람이 없어서 너무 다행이다.

젊었을 때는 지지부진한 일상을 유지하면서 인생에서 중대한 뭔가를 빠뜨렸거나 어딘가에 더 중요한 인생의 알갱이가 있지 않을까 싶은 생각으로 갈등한 시기도 있었다.

하나 중대한 것은 바로 그 일상을 잘 유지하는 것임을 알게 됐다. 일상이 깨어져봐야 아무 일 없이 일상을 잘 유지하는 것이 얼마나 중요한 일인지 알게 된다. 병원에 입원하거나 거처를 본의 아니게 옮겨야 하거나 사고를 당하거나 천재지변이 나는 등등의 일 없이 일상을 잘 지내왔다는 것이 평탄한 인생을 무리 없이 잘살아왔다는 뜻이 된다. 별일 없는 일상을 가족들에게 제공하는 역할이 전업주부로 살아온 나의 할일이었던 것이다.

나는 지금의 이 자유로움을 한껏 누리기 위해 다짐한다. 세속의 일(정치적 사건 등)에 관심을 덜 가지려 하고 관념이나 도덕, 종교나 신념, 이런 추상적인 것들로부터도 평정심을 유지하려고 한다. 요즘 머리로 물구나무서기를 연습하고 있다. 공동체육관에서는 난이도가 높은 동작은 시도하지 않기 때문에 나 혼자서 유튜브를 참고하며 계속해본다. 가끔씩 성공하지만 아직 완전하지는 않다.

노라 에프런은 60대에 쓴 에세이 『철들면 버려야 할 판타지에 대하여』에서 드디어 머리로 물구나무서기에 성공한 순간에 대한 글을 썼다. 그리고 70대의 나도 물구나무서기에 도전하고 있다. 이런 말을 하면 스스로 씩씩한 기상이 느껴져서 혼자 흐뭇하다.

아직은 70대이고 더구나 정부로부터 두 살의 나이를 삭감받았으니 나는 더 젊어졌다. 사람들이 말하기를 70대와 80대는 또 현저히 체력 차이가 나고, 그 연배쯤 되면 이제 곧 노화의 지름길로 가는 길목이라고 한다. 그러거나 말거나 나는 지금을 최대한 즐긴다. 그야말로 카르페 디엠!

장롱 깊숙이 박혀 있던 황금열쇠나 끼지 않고 있는 금반지들을 싹 다 가져다 팔아서 외출할 때 걸고 나갈 목걸이 두 개를 만들었다. 넣어놓기나 할 거라면 필요 없다. 내가 죽고 나면 아이들이 하나씩 가져가겠지만, 나에겐 아무 의미 없는 일이라 실제로 내가 살아서 직접 사용할 수 있는 장신구를 만든 것이다. 흠, 다시 생각해봐도 잘한 일인 것 같아 흐뭇하다.

내가 만약 내일 죽는 걸 알게 된다면 내 식구들을 다 불러들여 옆에 같이 있도록 할 것이고, 일주일 뒤라면 친구나 형제자매 등 그동안 친밀하게 잘 알고 지냈던 사람들에게 마지막 인사를 나누고 싶어할 것이며, 한 달의 여유가 주어진다면 내가 살았던 흔적을 지우기 위해 모든 소지품을 정리정돈하고 싶어질 것 같다. 그러나 멀쩡한 정신으로 이런 일은 가능하지 않을 것이기 때문에 마음은 있어도 몸이 아파서 아무것도 못 하고 죽거나 졸지에 아무 생각 없이 순식간에 죽고(원하는 바다) 말지도 몰라. 다 부질없는 생각인 것 같군. 이런 일이 일어나기 전의 지금 내 인생은 그야말로 골든에이지라고 할 수 있으며 나는 지금 아주 만족하며 살고 있다.

호스피스 운동의 선구자 엘리자베스 퀴블러 로스는 『인생 수업』(류시화 옮김, 이레)에서 죽음을 눈앞에 두고 있는 사람이야말로 바로 우리 삶의 교사라고 했다. 삶은 "기회이며, 아름다움이고, 놀이"이므로, "그것을 붙잡고, 감상하고, 누리"라는 것이다. 죽기 전 아무도 더 많은 돈을 벌지 못한 것을 후회하거나 더 많은 권력을 쥐지 못한 것을 후회하거나 하지는 않는다. 더 많이 사랑하지 못했고 더 행복한 상태로 살지 못했음을 후회할 뿐이다. 삶의 마지막 순간에 간절히 원하게 될 것이 있다면 지금 당장 그것을 해야 한다고 엘리자베스 퀴블러 로스는 말한다. 글쎄? 마지막 순간에 내가 뭘 원하게 될까? 나는 간절히 원하는 것도 없을 것 같다. 그냥 아이스크림이나 먹을까? 아니면 커피 한잔?

야, 이노무 자슥들아

『에밀』『사회계약론』『참회록』을 쓰고 당시의 지식사회에 커다란 반향을 일으킨 장 자크 루소는 사실 자신이 낳은 아이 다섯을 보육원에 버린 전력이 있는 말할 수 없이 비열한 인간이며(귀족 부인들과 교제하면서 세탁소의 어린 여자를 꼬드겨서 평생 하녀로 부려먹다가 말년에 보여주기식 결혼을 했단다. 보육원에 보낸 아이들은 이 여자와의 사이에서 난 아이들이다), 볼테르는 이렇게 끔찍한 인간은 본 적이 없다고 평가했다는데도 당시엔 유명인의 사생활이 대중에게 낱낱이 까발려지던 시대가 아니어서인지 그의 인기는 여전했단다. 학교 다닐 때 시험에 나올까봐 "에밀, 자연으로 돌아가라, 루소" 이렇게 자동발생되도록 공부했던 나여

미안하다. 빌어먹을, 룻쏘.

이 내용은 폴 존슨이 쓴 『지식인의 두 얼굴』(윤철희 옮김, 을유문화사)에 나온다. 이 책에 의하면 「두 노인」과 『사람은 무엇으로 사는가』 등 그 외의 많은 작품에서 하느님 쩜쩌먹을 것처럼 기독교적 신앙심을 강조했던 톨스토이가 사창굴에 자주 드나들고 하녀들을 수시로 추행하고도 언제나 남녀 교제를 사회악이라고 생각했으며 여자들을 남자들과는 동등한 인격체라고 생각하지 않고 멸시했다는 것이다. 아, 이런 재수탱이 똘쓰또이. 내가 그 두꺼운 『전쟁과 평화』를 모조리 다 읽고, 수많은 인간의 심리를 이렇게 정확하게 묘사할 줄 아는 사람은 인간성 반듯하고 인격이 아주 높을 거라고 생각하며 존경의 마음을 보냈는데, 자기 어린 아내하고도 매일 불화하고 죽을 때도 기어이 집을 나와서 기차역에서 죽었던 것이다. 아이를 열셋이나 낳아놓고 자기 잘난 맛에 농지를 농노에게 배분해야 한다고 난리치니 어느 마누라가 좋아할까? 세상에 믿을 놈이 하나 없네.

헤밍웨이야 그야말로 어머니에게 쌍욕을 공개적으로 한 놈이니 호로자식이었다는 건 이미 알고 있었지만, 평소에도 거짓말을 일상적으로 하면서 그것이 소설가의 소설가

다움인 양 떠들어댔다는 인간이다. 여자들을 이용하고 결혼과 이혼을 밥먹듯이 했다. 이런 글을 읽고 나니 노인이 바다에 나가 거대한 청새치를 잡고 뼈만 남은 것을 사투를 벌이며 끌고 온 것이 무슨 대단한 일이냐 싶고, 그가 쓴 작품까지도 평가절하하고 싶어진다. 태양이 다시 떠오르면 뭣한다냐, 술주정뱅이 주제에 그나마 권총을 입에 물고 스스로 죽었으니 자기혐오에 의한 형벌이다 싶다. (사실은 아버지부터 동생까지 우울증으로 자살했으니 집안 내력이다.)

버트런드 러셀은 글은 번드르르(수학자이며 철학자로서 수많은 저서가 있다)하게 쓰는 주제에 마누라를 여러 번 갈아치우며 툭하면 다른 여자들과 열애에 빠졌는데, T. S. 엘리엇의 부인과도 연애 관계에 있었다는 소문도 돌았다. 러셀도 자기를 열심으로 양육한 할머니(부모가 일찍 사망했다)의 극심한 반대에도 결혼 후 몇 년을 못 가 이혼하고 여러 번 이혼과 재혼을 거듭했다. 『나는 왜 기독교인이 아닌가』라는 책을 썼으면 적어도 그가 말한 기독교도보다는 정직하고 바른 사람의 본을 보여줘야 하는 것 아닌가 말이다.

그 외에도 45년 동안 하녀를 부려먹고 임금을 떼어먹은 마르크스도 뒷목 잡기 딱이었지만, 사르트르에 가서는 그 야말로 기가 찬다. 새로운 형태의 계약결혼이니 뭐니 떠들 더니 이런 시몬 드 보부아르도 바보 중의 상바보 노릇만 하고 자신의 어린 여자 제자들을 사르트르가 쉽게 데리고 놀다가 버리는 걸 거의 도운 꼴이라니. 게다가 낭비벽이 있 던 사르트르가 재산도 별로 안 남기고 죽었는데, 보부아르 몰래 젊은 애인을 양딸로 입양해둔 바람에 그의 사후에 판권도 하나 물려받지 못하고 빈손만 털었다니 내가 참 빡 이 쳐서 돌아버리는 줄 알았네.

『지식인의 두 얼굴』은 1990년대 말에 우리나라에서 번 역 출판되었는데, 2005년에 재출간되었다가 2020년 세번 째로 다시 출판되었다. 판매가 그렇게 많이 되지는 않은 것 같은데, 세 번씩이나 재출판되는 것으로 봐서 꾸준히 찾는 사람이 있는 모양이다. 나는 초간본을 읽었던 것 같은데, 그때는 내가 그나마 젊어서 인간에 대한 선한 기대를 많이 했고 그들의 거대한 저작물에 압도당한 나머지 별다른 생 각 없이 지나간 모양이다. 근데 내가 이제 나이가 76살이 거든. 그러니 나도 나이도 많고 인생살이도 다양하게 겪어 봤고, 그들이 아무리 대단한 것들을 인류에게 남겼다 하더라도 잘못한 일에 대해서 욕 정도는 해줄 수 있는 나이란 말이지, 에라이 이노무 자슥들아!

내가 읽은 초간본의 제목은 '위대한 지식인들에 관한 끔찍한 보고서'였다. 제목이 바뀌어서 이번에 생각 없이 또 집어들어 읽다 말았는데, 인간 뭐냐? 싫었다. 앞서 말한 사람들 외에도 입센, 브레히트, 조지 오웰, 놈 촘스키 등등 많은 유명인의 사생활을 까발려놓았다. 그러니 부모님들아, 천재 자식 낳았다고 유난 떨지 말고 내 아이가 평범한 것에 감사하라.

이 책에 나온 인간들이 다가 아니다. 아인슈타인도 사생활 면에서는 아무리 좋게 봐주려고 해도 잘 안 되는 게, 애인을 두고 바람을 피우고 결혼 상태에서도 바람을 피우고, 결국 결혼을 네 번 했나? 피카소는 두말하면 잔소리이다. 옛날 사람들의 가치관은 지금과 달랐다(우리나라도 마찬가지 아닌가? 관청에 관기라는 직군이 버젓이 근무하던 나라였으니 외국 사람들이 『춘향전』을 읽으면 이게 이해가 되겠냐고요)고 하더라도, 꽤나 유명하다는 사람들의 사생활이 너무 심했다. 시대가 좀 지나도 유명 남자들 별수없다.

2018년 작고한 미국 소설가 필립 로스의 『사실들』을 읽고 있다. 작가들의 작가로 불리며 온갖 문학상을 다 받은 그도 예외는 아니다. 집안의 적극적인 반대에도(유대인과 비유대인이라는 이유로) 불구하고 스스로 아이 둘 딸린 이혼녀와 기어이 결혼해놓고도 얼마 못 살고 헤어졌다. 몇 년에 걸친 이혼소송이 진행되자 이 집착광인 아내가 너무 끔찍하게 구는 데 넌덜머리가 났겠지만, 그녀가 교통사고로 죽자 자신이 죽이지 않았다는 사실에 안도하는 부분이 나온다. 남자 도대체 뭐냐?

폴 오스터(『뉴욕 3부작』『달의 궁전』등 많은 저서가 있다)는 더 가관이다. 명문가의 딸이었던 리디아 데이비스(『불안의 변이』등의 저서가 있고 맨부커 국제상을 수상했다)와 촌뜨기 같은 폴 오스터가 대학 시절 만나 사랑의 도피처인 파리로 가서 아르바이트를 하고 개고생을 한다. 그럼에도 행복해했던 두 사람은 여자 집안의 배려로 결혼해서 좋은 집에서 안락하게 살게 된다. 그제야 폴 오스터는 안정적으로 책을 써서 유명해지기 시작했는데(사실 리디아 데이비스도 글을 잘 쓸 수 있었지만, 출산하고 일상을 돌보느라 글쓸 여유가 없었다), 아들이 생후 18개월쯤 되었을 때 느닷없이 다른 여자(시리 허스트베트, 『내가 사랑했던 것』 등의 저작이 있다)가 생겼으니 이혼해야겠다 해서 이혼을 한다. 리디아 데이비스는 부자간의 관계가 끊어지지 않도록 전남편이 사는 동네로 이사까지 하며 관계를 이어가려고 애썼는데(이렇게 하면 절대 안 된다는 표본이다), 이 정신 나간 아빠는 아들을 만나러 올 때도 꼭 현 부인을 대동하고 와서는(아직 어린 아들은 부글부글 끓어도 내색을 못했을 테고) 그렇게 밉상을 떨었던 거다. 아들은 사춘기부터 반항아가 되어 온갖 나쁜 짓은 다하며 갱단과 연루되어 마약을 하고 교도소에 가고 리디아 데이비스를 더 괴롭게 만들더니, 결국 교도소에 거액의 보석금을 내고 나와서는 사흘 만에 마약 과다 복용으로 죽어버렸단다.

아니 왜? 인간들의 마음속을 그렇게나 잘 들여다볼 줄 아는 소설가들이 하는 짓은 또 왜 그 모양인가? 아니 나는 왜 이런 시시콜콜한 것까지 알고 있는 거냐, 나는 왜 이렇게 쓸데없이 아는 게 많아?

그 외에도 수없이 많은 유명 백인 남자들의 비열한 대對여성관계가 있지만 더 말하면 내 입만 아프다. 아니 내 손가락만 아프다. 기본적으로 이런 인간들이 판을 짠 세상에서 우리가 살고 있는 것이다.

자, 그러면 인간 뭔가? 천재적이고 어느 한 부분이 다른 사람보다 뛰어나면 나머지 인간으로서 익혀야 할 덕목들은 신경쓸 여력이 없어진다고 봐야 하나? 우리가 보통 인간으로서 교양과 예의와 인격 같은 것들을 갖추어나가려고 노력하는 것은 다 같이 모여 사는 공동체에 무언의 상식으로 이런 정도의 자세는 갖추어야 하기 때문이 아닌가? 그러나 어느 한 면에서는 이렇게 뛰어나버려서 시대를 이끌어나갈 사상을 세우고(그게 결국 꼭 옳았다고도 할 수 없다―루소의 사상은 프랑스혁명과 마르크스주의와 칸트의 철학을 넘어 무솔리니의 파시즘과 크메르루주의 급진주의까지 영향을 미쳤다는 설이 있다) 대단한 저작물을 내는 사람들이 사생활에서는 이렇게 치졸한 면모를 보여주느냐 하는 의문을 갖게 된다.

마침 언제 읽었는지 생각도 안 나지만 내가 이런 메모를 해둔 걸 발견했다. (나는 평소에 책을 읽을 때 메모도 잘 안 하고 그 시간에 또다른 책을 읽는 스타일이다. 그만큼 이 문제에 골몰했다는 뜻 되시겠다, 흠.) 독일 작가 홀거 라이너스(『남자 나이 50』의 저자)는 "대단한 재능이 곧 성공적인 삶을 의미하지는 않는다. 사람은 뛰어난 재능을 갖게 됨으로

써 편협하고 무절제한 생활을 하기 쉽다. 이런 현상은 거의 모든 직업에서 나타난다. 예술가든 사업가든 운동선수든 상관없이 말이다"라는 말을 남겨서 아니 고래! 싶은 마음이 들게 했으며, 스코틀랜드 출신인 새무얼 스마일즈는 『인격론』에서 "세상을 바꾸는 건 인격이다. 사람들은 천재는 찬미할 뿐이지만 인격적인 사람은 신봉한다. 깨끗하게 인격적으로 살면 손해본다는 생각은 버려라. 마지막에 웃는 자가(이 말은 맘에 안 들지만) 되고 싶다면 인격을 갈고 닦아라. 자기 계발의 근본은 내면의 힘을 키우는 것이기 때문이다"라고 했다. 아르헨티나의 작가 마누엘 푸익은 『거미여인의 키스』에서 "실은 인간은 서로를 사랑하지 않고는 견딜 수 없는 존재이다"라고 썼다. 예수님도 그러셨지, 서로 사랑하라고. 예수님은 아셨던 것이다, 인간이란 종이 전혀 사랑스럽지 않다는 것을. 그러니 그렇게나 서로 사랑하라고 신신당부를 하신 것이다.

B.C. 4~A.D. 65년까지 생존했던 루키우스 안나이우스 세네카는 『인생이 왜 짧은가』에서 "서로 뺏고 빼앗기고 서로 휴식을 망쳐놓고 서로 불행하게 만드는 사이 그들의 인생은 소득도 없이 즐거움도 없이 정신적 향상도 없이 지나

간다. 아무도 죽음은 안중에도 없이"라고 썼다. 그때나 지금이나 인간들은 배운 게 없는지도 모른다. 자유로운 인간이 된다는 것은 아무런 기대 없이, 스스로의 명랑성과 가벼운 마음가짐(평온함)에 기대는 것이라 하겠다. 이렇게 지구 한 귀퉁이에서 덤덤하고 조용하게 사는 즐거움을 저렇게 요란한 유명인들은 모를걸!

젖가슴이 큰 게 그리 좋은가?

젊은 시절부터 나에게 맞는 브래지어를 찾아서 헤매었다. 나는 말라깽이였던데다 젖가슴도 아주 작아서 내 사이즈에 맞는 것이 없으니, 보통 성인 여자들이 입는 브래지어를 하면 헐렁하게 따로 놀고, 가슴 쪽은 뭔가 비어서 겉옷을 입어도 모양새가 나지 않았다.

여성복이나 속옷도 그동안 변천사가 많았으니 일일이 거론할 필요는 없겠지만, 유난히 몸에 조이는 것을 못 견디는 편이라 겨울에는 그나마 러닝에 매달린 컵브래지어(러닝브라로 명명함)로 그럭저럭 괜찮았다. 하지만 여름엔 아무래도 더워서 러닝 없이 지내려면 브래지어를 안 할 수가 없어 고심했다. 니플패치도 사용해봤지만 불안해서 맘놓고 돌아다닐 수가 없었다. 그나마 요즘은 티셔츠 안쪽에 브래지어 컵만 따로 만들어 붙여서 가슴을 조이지 않고도 입고 다닐 수 있는 옷들이 개발되었는데, 아직은 좀 부족하다. 그전에는 반소매 옷을 사러 나가면 앞쪽에 요란한 무늬를 덧댄 옷이나 양쪽에 주머니가 달린 옷이 없나 유심히 살펴보고는 했는데, 유독 왼쪽에만 주머니가 있고 오른쪽은 없는 옷이 많았다.

내가 이런 옷을 사려는 이유는 브래지어를 안 입고 겉옷만 입어도 다른 사람 눈에 젖꼭지만 두드러지게 보이지 않도록 하려는 생각 때문이다. 도대체 이 고역을 언제까지 감당해야 할까 싶다. 남자들에게 젖꼭지가 셔츠 위로 봉긋 솟아서 다른 사람에게 들키면 안 된다는 법률이라도 만들어 속에다 천이라도 덧대 입어야 한다고 하면 어떤 반응을 보일랑가? 노브라인 자신의 사진을 두어 번 찍어 SNS에 올린 적이 있는 연예인이 자살하는 사건도 있었다. 그때 노브라인 여성을 비난하는 사람이 많았던 것도 그 여자 연예인이 살기 싫어진 한 가지 원인이 된 것 같았다.

도대체 여자에게 젖가슴이란 뭔가? 어쩌다 TV를 보면 개그 프로 같은 데서 여자들의 젖가슴 크기를 두고 서로

(A, B, C컵을 따지며) 더 크다고 자랑을 하는데, 젖가슴 큰 게 자랑할 만한 일인가 싶은 마음이 든다. 언제부터 우리 나라 사람들이 가슴을 섹시코드로 생각하게 된 건지 모르겠다. 우리가 어렸을 때만 해도 어머니들은 한여름 더울 때나 갓난아기에게 젖을 먹일 때 누가 있거나 말거나 신경 쓰지 않고 가슴을 공개하며 자기 볼일을 봤다. 구한말에 이 나라에 온 외국의 여행가들, 비숍 여사라든지 또다른 서양 사람이 찍은 사진을 보면 물동이를 인 여자가 저고리 밑으로 젖가슴을 드러낸 채 아기까지 업고 있다. 그때는 젖가슴을 아기의 식량 저장고로만 본 것이다.

한복을 입을 때는 치맛말기를 꼭 조여서 가슴이 평평해지도록 하였는데, 한복은 가슴이 크면 맵시가 안 나기 때문이었다. 지금의 눈으로 볼 때는 옳다고 할 수는 없지만, 어깨가 좁고 좀 다소곳한 모습이라야 한복을 입은 맵시가 예뻐 보이기 때문에 우리나라 사람들은 실로 가슴 큰 것을 오히려 좀 부끄럽게 여겼다. 서양문물이 들어오고 사람들의 생각도 많이 바뀌었다지만, 어째 여자의 가슴은 섹시한 것이다, 라고 누군가 선동해서 다른 사람들도 그렇게 보는 게 아닌가 하는 의심마저 든다. 이런 것도 유행인가? 그렇다면 좀 우스운 노릇이 아닌가 말이다. 남미 오지나 아프리카 원주민을 촬영한 다큐멘터리들을 보면 여자들 대부분은 가슴을 다 드러내고 생활한다. 이런 영상을 보면 익숙하지 않아서 민망하기는 하지만, 가슴에서 섹시함을 느낀다는 게 좀 이상하지 않은가?

언젠가 가슴 큰 한국계 미국인 여성 모델이 내한한 적이 있다. 그때 한국 언론이 보인 행태는 지금 생각해도 내가 다 부끄럽다. 아니 여자 젖가슴 큰 게 무슨 자랑이라고 그리 난리를 피운 건지 머리가 조금씩 돈 거 아닌가 싶었다. 우리 어머니 세대분들은 남자들이 젖가슴 큰 걸 좋아한다는 말을 들으면 "어릴 때 다들 젖배를 곯았나~"라고 말씀하셨다. 막상 가슴 큰 여자 본인의 입장은 이것이 여간 불편한 게 아니라는데, 내 친구 중에는 가슴이 너무 커서 항상 가슴이 어깨를 잡아당기는 느낌이라 어깨 통증을 달고 산다며 여름날 더울 때는 가슴 밑 쪽으로 땀띠가 나서 불편하기가 이루 말할 수 없다는 이도 있다.

대부분의 동양 여자들은 처녀 시절엔 몸매가 호리호리하고 이때는 가슴이 별로 크지가 않다. 허리가 잘록하고 날씬한 여자는 실제로 가슴이 클 수가 없는 것이다. 한때

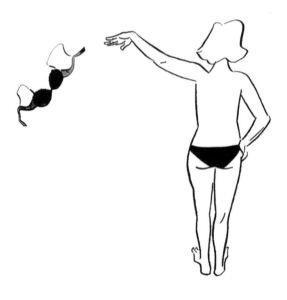

베이글녀라는 말이 유행했다. 얼굴은 베이비인데 가슴은 글래머인 여자가 있다며 만든 신조어이다. 가슴이 작은 여자도 임신을 하면 저절로 가슴이 커진다. 아기에게 젖을 먹일 때는 커진 가슴으로 모유를 먹이고 수유가 끝나면 또 적당한 모양으로 돌아간다. 대부분의 여자들은 나이가 들면 저절로 살이 찌고 따라서 가슴도 같이 더 커지는데, 젊었을 때 가슴이 작았던 사람은 이때 비로소 적당한 크기가 된다. (나? 지금 아주 적절한 크기이다.)

나는 매일 목욕을 가는 사람이라 다른 여자들의 가슴을 관찰할 기회가 많다. 젊었을 때부터 가슴이 컸던 여자들은 나이를 먹으면 가슴이 축 처지는 경우도 많고 나이들어서는 좀 보기 싫어진다. 가끔씩 가슴에 보형물을 넣어서 성형한 사람들을 보기도 하는데, 이게 좀 잘못되면 한눈에 그 성형수술의 흔적이 다 드러난다. 도대체 누구 좋으라고 그런 성형을 하는지, 가슴이 크다고 해서 본인에게 좋은 면은 별로 없는 것 같은데, 그래도 몇몇은 표나지 않고 자연스럽게 보기 좋은 경우도 있다.

여자들은 솔직하고 화통하다. 한번은 60대쯤 되어 보이는 사람과 둘만 온탕에 있게 되었다. 오지랖이 좀 넓은 내가 "나이는 좀 들어 보이는데 몸매가 아주 좋으네요" 했더니 자기는 가슴 성형을 했다는 거다. 다시 "하나도 표시가 안 나고 보기 좋다"고 했더니 자기는 성형을 하고 일 년 동안 마사지를 받으러 다녀서 그렇다고 한다. 참~ 일 년 동안 마사지를 받으러 다니는 것만도 엄청난 노력과 시간과 돈이 들었겠구나 싶었는데, 이 여자분이 하는 말이 이제 다시 보형물을 빼버리고 싶다는 거다. 내가 왜냐고 물으니 나이가 들면서 다른 곳은 조금씩 나이에 맞게 되어가는데 가슴만 원기 충천 봉긋하니 솟아 있는 게 이제는 좀 싫은 마음이 든다는 거다. 아하, 사람이 나이 대에 따라 생각하는 바가 여러 갈래로 바뀌는구나 싶었다.

여름 한철 더울 때 쓰려고 에어컨을 일 년 내내 자리 차지하게 세워두는데, 큰 가슴을 적정 수준으로 이용하려면 에어컨보다 효율이 떨어지겠다는 생각이 든다. 실제로 가슴 큰 여자의 가슴이 제대로 그 의미에 맞는 일을 수행하는 기간이 얼마나 되겠는가. 살아가는 동안 그것이 제대로 된 영향력을 발휘할지도 알 수가 없다.

우리가 젊었던 시절에는 누군가를 보고 섹시하다고 평가하면 그것을 모욕적으로 받아들였다(아니 그런 말 자체를 사용하지 않았다는 게 맞는 말일 게다). 요즘은 아무것에나 다 섹시미를 갖다붙인다. 연예대상 시상식 같은 것을 개최할 때, 풍성한 젖가슴의 가슴골을 다 드러내고 레드카펫에 서는 연예인들은 어떻게 해서든지 자신의 육체를 한껏 드러내려고 노력하지만, 그들은 그렇게 해야 인기를 얻는 피곤한 직업을 가진 연예인이고 우리 일반 사람들은 구경이나 하면서 그냥 편하게 살면 안 될까?

더구나 요새는 10년 전에 비해서 유방암 환자가 두 배나 늘었다는 통계가 있다. 건강검진 받는 날 유방암 검사하는 사진을 찍을 때 엄청 아프게 꼭 눌러서 찍는 바람에 비명이라도 지르고 싶었는데, 보형물을 넣은 사람은 어째야 하나 걱정이 다 되네. 내가 다 늙은 할머니라 이런 글도 쓸 수 있는 것인데, 여자의 생애주기를 다 지나왔으니 하는 말이다.

옜다, 성형수술

우리 친정집 단톡방 이름은 '촉석루'다. 고향 진주의 상징이다. 내가 촉석루에 물걸레 청소기 에브리봇이 사용하기가 좋고 생각보다 청소를 잘한다고 올렸더니, 언니와 동생들이 모두 다 구입을 했단다. 심지어 셋째는 청소기를 '점이'로 명명할까 하는 글을 올려서 우리는 점이를 기억에서 불러냈다.

점이는 우리가 청소년 시절을 함께 보낸 친구이다. 진주의 변두리 농사꾼 집에서 그 당시에는 먹는 입이라도 하나 덜자고 도시로 식모살이를 보내는 경우가 많았는데, 점이도 그중의 한 아이였다. 점이는 처음 딱 봤을 때 눈을 뜨고 있는 게 맞나 싶을 정도로 눈이 아주 작았다. 그야말로 와이셔츠 단춧구멍만했다. 그래도 그 아이의 기상은 씩씩했다. 자기 나름대로 생각하고 주장하는 바가 많아서 우리하고 말싸움도 많이 했다. 우리와 같이 생활하던 방바닥에 굴러다니는 연필을 자기가 주웠다고 제 것이라고 우기는 모양을 보고, 어머니가 살강(옛날 부엌에 대나무로 설치한 일종의 선반, 표준어로는 시렁이라고 한다) 밑에 떨어진 숟가락을 주우라고 했던 기억도 있다. 이 말은 점이의 행동이 부엌 시렁에 올려져 있던 숟가락이 바닥에 떨어졌다고 해서 다른 이웃이 대뜸 주워 제 거라고 주장하는 것과 같다는 뜻이다.

그때가 1960년대 중반쯤이었다. 이런저런 수다 끝에 전쟁 나면 어쩌냐 이런 말을 하면 점이는 변소에 가서 숨겠다고 했다. 점이에게 변소를 선점당했으므로 나는 어디 가서 숨나 심각하게 고민하는 척했다. 점이는 나보다 나이가 한두 살 많았다. 지금 생각해보면 월급이랄 것도 없이 일 년 치의 품삯을 그 부모들이 선금으로 받아갔던 것 같다. 아마도 남동생이나 오빠의 학비에 충당했을 것이다.

점이는 그 시절에 그 작은 눈에 쌍꺼풀 수술도 했다. 우리 어머니가 수술비를 대고 병원을 수소문하고 적극적으로 지지해서 진행된 일이었다. 한쪽 눈에 안대를 하고 차례로 양쪽 눈을 수술받는 동안 가사에서도 제외해주었다. 그 시절 보통 사람들은 쌍꺼풀 수술이라는 게 있는지도 모를 때였는데, 지금 생각해봐도 '우리 엄마 뭐지?' 싶은 생각이 드는 사건이었다.

여기까지 쓰고 내가 촉석루에 이 사건이 어찌 발생한 건지 질문했더니, 무려 60년 전의 일이라 각자 기억하고 있는 내용이 조금씩 다 달라서 오늘 하루종일 단톡방에 불이 났다. 셋째의 말로는 한쪽 눈에 쌍꺼풀 수술을 받고는 너무너무 아파해서 다른 쪽 눈은 죽어도 못 하겠다길래 더 진행하지 않았다고 했다. 언니 말로는 점이가 제 눈이 조금만 더 커지면 소원이 없겠다고 노래를 불러서 일이 시작되었다고 했다. 두리반에 둥글게 앉아서 밥을 먹다가 우리 형제들은 눈동자가 반짝하니 다 보이는데, 점이는 갑갑할 정도로 눈이 작아 우리 어머니가 '저거 저래가 시집이라도 가겠나' 싶은 생각에 밀어붙인 일이라는 거다.

그때는 어른들이 입만 열었다 하면 딸들은 시집가기 위해서 이 땅에 태어난 것처럼 말했다. 동네의 누구 집 딸이

엎어져서 이마에 흉터가 생겨도 "저거 어디다 시집보내것
노" 했고, 밥 먹을 때 유난히 생선을 밝히면 커서 생선 장
수한테 시집가라는 말을 예사로 했으며, 가사를 하는 솜씨
가 좀 모자라다 싶으면 그러다가 시집에서 너른 골목이 비
좁도록 허둥지둥 쫓겨날 거라는 말을 듣기 일쑤였다.

어머니는 남을 부리는 입장이더라도 각자 할 일은 스스
로 할 줄 알아야 한다며 우리 자매들을 알뜰히 부려먹었
다. 그래서 우리끼리 모여서 어릴 적 이야기를 하면 에피소
드가 끝없이 흘러넘친다. 쌀을 얼거미(바닥 구멍이 넓은 체,
표준어로는 어레미이다)에 쳐서 싸래기(당시는 정미소의 기
계가 정교하지 못하여 조각나는 쌀이 많이 생겼다. 이런 부스
러기 쌀은 닭모이로 주로 사용했다. 표준어는 싸라기란다)를
골라내고, 키로 다시 까불어서 딩겨(표준어는 등겨)를 날려
보내고, 뒤주에 넣었다가 밥을 할 때는 씻어서 조리로 돌
을 일어내고 밥을 안친다. 이런 것을 못 하면 큰일이라도
날 것처럼 우리들을 다 부려먹었다. 어머니는 항시 '이런 것
도 다 알아놔야 앞으로 시집가서 잘살 수 있다'는 요지의
말씀을 교장 선생님의 훈시처럼 하셨기 때문에 우리는 찍
소리 못 하고 그런 것들을 다 익혀놓았다. 하지만 어머니!

지금의 시대는 씻어 나온 쌀도 있어요. 아니 밥도 팔아요. 그러니 현재의 가치를 가지고 앞으로 살아갈 자식들을 휘어잡으며 내가 사는 방식으로 살아야 한다고 해서는 아니 되옵니다, 마마!

어머니는 점이를 시집보낼 때까지 데리고 있을 작정이었다. 국민학교 2학년까지밖에 안 다닌 점이의 학력을 보충해주기 위하여 셋째에게 책임지고 한글을 가르치고 구구단을 외우게 하라고 지시했다. 아궁이에 불을 때며 부지깽이로 장단을 맞춰가며 구구단을 가르쳤지만, 점이는 공부에는 영 소질이 없어 보였단다. 몇 년이 지나고 점이의 노동력이 좀더 쓸 만해지자 그의 부모들은 품삯을 더 받을 요량으로 점이를 다른 곳으로 빼돌렸다. 제대로 이별도 못하고 우리와 점이의 인연은 끝나버렸다.

후에 점이가 철공소 다니는 남자를 만나 결혼했다는 소문을 들었다. 어머니는 돌아가시기 몇 년 전까지도 "점이가 낼로 한 번 찾아오면 내가 옷을 한 벌 해줄 낀데" 하며 아쉬워하셨다. 나는 "엄마, 지금 잘살고 있으면 남의집살이한 집에 뭐하러 찾아오고 싶겠어요" 하며 어머니의 섭섭한 마음을 달렸다.

내가 다니는 목욕탕에 데칼코마니처럼 똑 닮은 모녀가 자주 온다. 두꺼비상이라 옛날 며느리 고를 때는 복 있는 상이라고 좋아했겠지만, 딸내미는 언뜻 덜 세련돼 보여 제 딴엔 고민이려나 싶기도 했다. 알고 보니 태산 같은 걱정을 하는 건 엄마 쪽이었다. 무남독녀 외딸이라 우리 부부 죽고 나면 천하에 혈혈단신 혼자 남게 되니 이 일을 어쩌면 좋겠냐는 것이다. 딸은 공부도 많이 하고 직장도 단단한 모양이었다. 나는 속으로 아이고~ 그렇게 꼭 결혼을 시키고 싶었으면 내 딸 스펙을 잘 파악하고 사람 볼 줄 모르는 남자 놈들을 위하여 '옛다!' 하는 마음으로 성형수술이라도 시켜서 예쁜 것만 밝히는 이 땅의 남자 사람에게 전시라도 하시지, 하고 터무니없는 생각을 했다.

사실은 나도 얼굴 예쁜 사람이 보기에 좋다. 한집에 살아가는 사람이 너무 민망하게 생겼다면 눈 둘 곳이 없어서 좀 곤란할 것도 같다. 성형에 대한 사람들의 인식도 바뀌었다. 예전에는 모두 쉬쉬하고 안 한 것처럼 숨기고 싶어했는데, 요즘은 연예인들도 차츰 어디를 성형했다고 당당하게 말하는 풍토가 되었다. 일반인들도 능력껏(돈, 시간, 체력, 특히 아름다움을 위하여 통증을 참는 능력) 성형하는 것을 당연하게 생각하는 풍조가 생겨났고, 어느덧 우리나라는 성형강국이 되어 이웃 나라의 사람들이 한국으로 수술하러 오는 사태까지 벌어진 것이다. 한국 경제에 큰 보탬이 됐으려나. 하지만 성형외과의가 과도하게 배출되어 우리 몸이 다쳤을 때 실제로 필요한 본격적인 외과 수술을 받으려면 이제 우리가 외국으로 나가거나 외국에서 외과의를 영입해야 할 판국이 되어간다.

얼마 전에 〈엔니오: 더 마에스트로〉라는 다큐멘터리 영화를 보았다. 영화음악의 거장인 엔니오 모리코네의 일대기가 그가 만든 OST와 함께 흘러간다. 아름다운 선율 너머로 해당 영화 속 하이라이트 장면들이 상영되기도 했다. 물론 좀 예전의 영화들이었지만, 그 배우들의 얼굴은 그야말로 야생의 형태를 고스란히 보여주었다. 그래, 사람의 얼굴 피부가 본래 저랬지. 점이 나 있거나 나이들면 거칠어지고 주름지고 잡티 같은 흔적들도 생기고. 우리나라 배우들의 피부는 잡티 하나 없이 너무 매끈하다. 이것은 AI를 보는 것같이 좀 어색하다. TV 홈쇼핑에서 화장품을 소개할 때 보면 모델들의 얼굴 피부가 그야말로 삶은 달걀 껍질을 벗겨놓은 것처럼 반질반질 반짝반짝하게 보인다. 피부를 저 정도로 관리하려면 살아가는 에너지의 많은 부분을 써야 할 테니 보통 일은 아니다. 그들이야 그쪽 일의 프로이니까 그 또한 그들의 삶일 것이다. 그런데 일반인들도 그렇게 되고 싶어서 돈을 쓰고 시간을 투자하고 야단법석이다. 성형을 하고 피부관리를 하고 식스팩을 만든다. 우리는 지금 나로서 사는 일보다 남들에게 보여지기 위한 나에게 너무 많은 에너지를 쏟고 있는 것은 아닐까?

유언에 대하여

가끔씩 드라마나 영화에서 돌아가시는 분이 마지막 유언을 하는 장면을 본다. '작고하신 아버님의 유언에 따르면'이라든지 '어머니께서 유언으로 말씀하시기를'이라는 인용구도 자주 사용된다. 실제로 그럴까? 정말 돌아가시기 직전에 본인의 죽음을 똑똑히 인식하며 세상에 남길 말을 또렷하게 상대방에게 전달할 수 있을까? 보통 힘든 일을 할 때나 정말 힘들 때 죽을 만큼 힘들다고 표현한다. 그런데 실제로 죽을 때 그 힘든 순간에 다른 존재에게 의미 있는 말을 남길 기력이 있다고? 실제로 그럴 수 있다 하더라도 요즘은 임종의 순간을 가족들의 입회하에 맞이하기란 여간 어려운 게 아니다. 왜냐하면 요즈음은 대부분이 병원의 중환자실이나 일반 병실에서 끝을 낼 수밖에 없기 때문인데(물론 호스피스 병실에서 짐작 가는 날짜에 갈 수도 있긴 하다), 그럴 때를 대비해서 유언으로 남기고 싶은 말이 있으면 미리미리 해두자. 왜 하필 그 힘들 때 의미 있는 말을 꼭 남겨야 할까. 예를 들면 너는 사실은 친아버지가 따로 있으니 이런 사람을 찾아봐라 하는 내용(살아 있을 때 공개됐다가는 본인의 체면이 말이 아닐 때)이라면 그럴 수도 있겠다. 아니면 너는 사실은 재벌집 상속자로 어마어마한 재산이 개인금고(떳떳하지 못한)에 들어 있으니 이것을 기필코 찾도록 해라, 라는 폭탄 발언이 아니라면 굳이 그때까지 미뤄둬야 할 일이 무어란 말인가. 혹은 봉화산 쌍봉바위에서 좌로 열두 걸음 다시 좌로 뭐 어쩌고 지점쯤에 송이버섯 군락이 있으니 자손 대대로 며느리에게 전해라 같은 내용도 아니라면, 굳이 죽기 직전까지 가서 할 말이 무엇일까?

예전에 부모님을 모시고 살던 시대에는 돌아가실 정도의 병환이 들면 더욱이나 집에서 모셨다. 만약 병원이나 타지에서 죽게 되면 객사라며 아주 안 좋은 일로 생각했고, 부정 탄다고 객사한 시신은 집에 들이지도 않는 풍습이 있었다. 객사하지 않기 위해서 병원에 있다가도 집으로 모셔왔다. 그럴 때는 당연히 가족들의 극진한 돌봄을 받고 임종의 순간까지 곁에 누군가 머무르며 마침 그때 자식이 같이 있었다면 임종을 지켰다고 그나마 다행으로 여겼다. (지금도 부모의 임종을 못 지켜서 한이 된다는 사람도 있다.)

임종을 지킨 자식이 그렇게 중요할까? 아니 왜 농경시대의 돌봄 방식에나 먹히던 사고를 현대의 직장생활자에게 갖다붙여서 임종 콤플렉스를 느끼게 하냔 말이지. 전에는 멀리서 오는 자식을 기다려 죽음을 거부하고 힘겹게 버티다 그 자식이 당도하자 숨을 거두었다는 전설적 사연도 많았다. (박경리의 『토지』에서 월선이 죽기 직전까지 용이를 기다리는 장면도 있다.) 하지만 요즘 돌아가실 것 같다는 전언에 온 가족이 다 모였는데 돌아가시지를 않아서 각자 집으로 돌아갔다가 다시 불러모으는 일을 몇 번이나 하는 바람에 "엄마, 양치기 소년도 아니고 왜 이러세요"라는 말을 듣는 경우도 있단다.

황창연 신부님이 강연중에 말씀하시기를 80대 할머니가 낙상으로 몸을 크게 다쳐서 상태를 보니 곧 돌아가실 것 같길래 살아서는 만나지 말고 천국에서 만나자 약속하시고 종부성사를 해드리고는 며칠 내로 장례미사를 드릴 준비를 하고 있었는데, 연락이 없었단다. 알고 보니 아들이 큰 병원으로 모시고 가서 수술하고 몇 년을 투병하다가 휠체어를 타고 성당에 왔단다. 신부님이 살아서는 안 만나기로 해놓고 왜 약속을 어기냐고 했다나 어쨌다나. 이러니 죽고 사는 문제가 예전 같지가 않고 죽고 싶어서 죽을 지경인데도 죽을 수도 없게 현대의학이 발전을 했다는 거다.

지금 내 나이가 76세니 세상일에 알지 못하는 부분이 있다는 걸 너무 잘 안다. 누구나 내일 어찌될지 모르는 세상에 살고 있지만 나이 많은 사람은 그럴 확률이 더 높다. 실제로 친구들의 남편들이 갑자기 심장마비로 119 구급차에 실려 갔다가 병원에 도착해보니 사망했다는 부고를 벌써 세번째 받았다. 처음에야 황망하고, 아이구 그런 일이 있었구나 어쩌나 이런 말을 하다가도, 그래도 죽을 때 식구들 고생 안 시키고 본인도 고생 안 하고 깔끔하게 돌아가셔서 다행이다, 이런 생각이 드는 건 어쩔 수 없다.

내가 요즘 주변 사람들에게 자주 하는 말이 심장마비로 고독사하기를 원한다는 것이다. 내가 심장마비로 쓰러졌을 때 누군가 옆에 있어서 119라도 부르면 우리나라는 다른 건 몰라도 구급 출동 시스템이 너무 잘되어 있기 때문에 일사천리로 일이 진행되어서 어느새 중환자실에 당도한다. 그러면 며칠 처치를 받고 약간 회복이 되면 일반 병실로 나와서 누군가의 간병하에 며칠을 보내게 될 것이다. 그러고 나서 퇴원 후 요즘 같은 각각 사는 시대에 누굴 보고나 간병하라고 요구할 마음이 없다. (이 나이에 깔끔하게 회복되기는 어렵고 앞으로도 전전긍긍하며 살 것이다.) 그러면 결국 요양병원으로 갈 수밖에 없는데, 나는 요양병원에 갈 마음이 조금도 없기 때문에(친정어머니가 몇 년간 요양병원에 계시다가 결국 다시 집으로 돌아와서 2년 2개월을 더 사시다 돌아가셨는데 간병비가 천문학적으로 들어갔다) 죽으려고 하는 순간에 누구에게도 들키면 안 되는 것이다. 그러니 고독사를 해야 마땅하다. 흔히 고독사라면 혼자 쓸쓸히 죽어서 타인에게 발견되지 않고 장기간 시신이 방치된 경우를 말한다. 그런데 실제 고독사한 정황을 조사해봤더니 여자의 경우는 그 숫자가 크지 않았다. (이 연구 결과가 나온 일본의 경우 일찌감치 가족들과 연이 끊겨 장기간 혼자 살던 알코올중독자나 약물중독자인 5, 60대 남자가 대부분이었다는 통계가 있다.)

요새는 부모가 많이 연로하면 혼자 지내시더라도 사생활 침해를 받지 않는 장소쯤 CCTV를 달면 된다. 내가 아는 한 소설가에게 직접 들은 이야기인데, 그의 아버지가 연로한 상태로 지내시던 중 아침에 일어나지 않으셔서 며느리가 방문을 열어봤더니 아버지의 상태가 좀 이상했다고 한다. 아직 숨이 넘어가진 않았는데 뭔가 이상이 있어 보여서 119를 불러 병원에 갔다. 일단 병원에 가면 그들의 처치를 두고 볼 수밖에 없다. 별별 검사를 다 하고 소변줄을 달고 여러 가지 처치를 한다(당사자의 의견서가 있어도 할 거는 한단다). 그래도 가족들이 더는 연명치료를 원하지 않으면, 의사가 처치하면 다시 살아나실 건데 왜 안 하는 거냐고 불효막심한 사람으로 몰기도 한다. 내 지인도 그래서 그냥 있었지만 3일 만에 아버지는 돌아가셨다. 그때 평화롭게 레테의 강을 넘실넘실 떠나가고 있었는데, 갑자기 갈쿠리로 찍어올린 것처럼 3일 동안 온갖 처치로 괴롭히고 난 다음에 아버지가 떠나신 걸 생각하면 너무 괴로웠다고 했다.

제대로 못 먹고 살던 시대에야 부모의 임종 전 병원에 가서 비싼 주사라도 한 대 맞혀 보내드려야 마지막 효도를 다 한 것쯤으로 여겼다. 하지만 요즘 사람들에게 죽음은 이미 병원에서 맞닥뜨리는 일이다. 나는 죽을 때가 되면 집에서 평화롭게 죽을 수 있는 자유를 누리고 싶다. 그러려면 이제 아무도 안 볼 때 갑자기 죽기를 바랄 수밖에 없는 시대가 된 것이다.

우리 어머니는 93세에 집에서 노환으로 3일 동안 아무것도 먹지를 않고 잠만 주무시다가 자연사하셨다. 119를 불렀더니 이미 사망하셨기 때문에 사설 응급차를 불러야한다 했고, 그러고 나서도 사망진단서를 끊어야 하는 문제로 분주했다. 경찰서에서도 나왔고 대여섯 명의 조사관들이 드나들어야 했다. 이러니 이제 집에서 평화롭게 자다가 죽기도 쉽지 않은 세상이 온 것이다.

『유언장 어떻게 쓸 것인가』(건양대학교 웰다잉 융합연구소, 북랩)라는 책에는 나태주 시인의 「유언시」라는 시가 있고, 김용택(나와 같은 1948년생) 시인의 「생각난 김에」라는 시도 실려 있다. 본인은 아직 죽지 않았지만 유언 대신 써둔 시이다. 스콧 니어링의 「인생의 마지막 순간이 오면」은 그의 부인 헬렌 니어링이 쓴 책『아름다운 삶, 사랑 그리고 마무리』(이석태 옮김, 보리)에 소개되었는데, 그들은 자연속에서 백 살이 넘을 때까지 오래 살았다. 실제로 역사 속에서 유명인이 죽을 때 남긴 유언에 대한 책도 제법 나와 있고, 유명인들의 묘비명도 많이 알려져 있다.

"나는 아무것도 바라지 않는다, 나는 아무것도 두려워하지 않는다, 나는 자유다." 나도 니코스 카잔차키스의 이 묘비명처럼 말하고 싶지만 이미 선점당한 상태고, 마르크스처럼 "평소에 하고 싶은 말을 못 한 바보들이나 유언을 하는 거지" 할 수도 없고, 그냥 나도 생각난 김에 한마디하자면, 나는 내가 인생에서 해야 할 숙제는 다 했고(남편의 장례식을 끝낸 것, 뒷정리를 다한 것이 나의 제일 큰 숙제였다) 이제까지 대충 즐겁게 잘살아왔다고 생각한다. 너희도 너무 애쓰지 말고 대충(이것이 중요하다) 살고, 쾌락을 좇는다고 행복해지지는 않는다. 뭔가 불편한 것이 있으면 이것부터 해결하는 방법으로 살면 소소하게 행복할 것이다. 건강을 유지하기 위해서(건강을 잃으면 행복하기 어렵다) 한 종목의 운동을 늙어서까지 꾸준히 할 것이며 너무 복잡한 건 생각하지 말고 단순하게 살도록 해라. 다행히도 재산이 많지 않아 문제될 것이 없다고 본다. 아들딸 며느리 손자 손녀 너희들이 있어서 행복했고, 너희는 내가 지금도 씩씩하고 즐겁게 살아갈 수 있는 원천이다. 나의 장례는 그 시기의 일반적인 방법으로 할 것이며 화장해서 유골은 너희 아빠를 장사 지낸 것처럼 하고, 제사는 지내지 말고 그날 시간이 나면 너희끼리 좋은 장소에 모여서 맛있는 밥을 먹도록 해라. 또하나 바라는 게 있다면 너희 아빠는 꽃 피는 봄에 돌아가셨으니 나는 단풍 드는 가을에 떠나면 좋겠네. 그러면 너희는 봄가을 좋은 계절에 만날 수 있을 테니. 끝.

나의 유튜브 선생님

요새는 뭐 궁금한 게 있으면 유튜브부터 켜본다. 온갖 게 다 있다. 참 무슨 이런 시대가 도래했나 싶다. 몇 년 전에 세계 최초의 서사시라 할 『길가메시 서사시』를 찾아본 후 유튜브 덕분에 전문적으로 공부한 교수님의 강의를 들었다. 수메르 우루크 등등 학교 다닐 때 대충 들은 거는 있어가지고 대강의 내용은 짐작하고 있었지만 세세한 내용은 알지 못했다. 물론 우리나라에도 길가메시에 대한 책이 몇 권 나와 있었지만 직접 읽어보진 않았다. 요즘 〈이터널스〉 영화 정보에서 마동석이 길가메시로 분한다는 말들이 얼핏 들리길래 이게 무슨 소린가 싶어 다시 길가메시에 대해 찾아봤더니, 여러 정보들이 상세하게 나와 있다. 나는 조금 더 똑똑해진 기분이 들었다.

유튜브를 켜면 첫 화면에 뜨는 대로 따라가다가 한동안 국립외교원(이런 조직이 있는 줄도 몰랐다) 인남식 교수의 〈중동학 개론〉 강의를 보았다. 이런 걸 들으면 스스로 아주 유식해지는 것 같아서 기분이 좋다. 알고리즘 덕분에 서울대 남아시아센터장 강성용 교수의 인도에 대한 이야기를 들었는데, 이것도 아주 유익하다. 남아시아의 나라들에 대한 강의 중에 인상 깊었던 것은 방글라데시에서 남녀평등이 자연스럽게 자리잡은 이유였다. 방글라데시가 세계의 봉제공장이 되었고 여자들이 그 봉제공장에 출근하면서 남자들은 자전거나 오토바이로 아내를 실어나르는 라이더의 역할을 하는 경우가 많아졌다. 그러다보니 자동적으로 여성 인권이 세지게 되었다는 이야기였다. 결국 경제권이 관건이란 말이지. 어쨌든 이 영상은 인기가 좋아서 시즌2로 이어져 지금도 계속 업데이트되고 있다.

서울대 통일평화연구원 이문영 교수가 러시아 우크라이나 전쟁의 내막에 대해 들려주는 영상도 보았다. 나는 이 전쟁이 푸틴이 샐쭉해져서 일어난 줄 알았는데, 국경을 접한 나라끼리 해결할 수 없는 얽히고설킨 내막(돈바스, 크림

반도 등)이 참으로 복잡했다.

가끔씩 눈에 뜨이면 클릭해서 보는 〈아는 변호사〉라는 채널도 있다. 이혼 전문 변호사가 매회 주제를 바꾸어가며 이야기한다. 공부만 하느라고 실제 사람 볼 줄도 모르고 현실감각이 없는 30, 40대 학력 높은 여자들이 헛똑똑이 노릇을 하다가 인생이 피곤해지는 경우(자신도 그랬단다)가 너무 안타까운 나머지 제대로 된 여성교육을 시키고 싶었다고 한다. 모토는 "결혼은 신중하게, 이혼은 신속하게"란다.

한번은 '재혼금지령(돌싱 필독!!) 전남편보다 못한 사람 만날 확률 99.99999%'라는 제목이 눈에 확 뜨이기에 클릭해서 들었는데, 대체로 수긍할 만한 맞는 말이었다. 하지만 재혼하지 않아도 고독사하지 않는다고 보장한다는 부분이 마음에 걸려 댓글을 달았다. 그 댓글을 그대로 옮겨온다.

알고리즘 덕분에 아변님 영상 가끔씩 뜨면 듣는 76세 할머니입니다. 길지가 않아서 대부분 공감하며 재미있게 봅니다. 그런데 고독사하지 않을 수 있다는 말에 한마디하겠습니다. 재혼 아니고 첫번째 결혼을 성공적으로 했어도 여자는 혼자 남을 확률이 더 높습니다. 남자들의 평균 사망률이 더 높고 또 나이도 더 많은 경우가 대부분이라 내 주변만 살펴봐도 남편이 먼저 간 경우가 눈에 많이 띕니다. 게다가 요즘은 자녀들도 노쇠한 부모를 직접 봉양하려 하지 않기 때문에 어차피 요양병원이나 또다른 시설에 맡겨지겠지요. 인생은 절대로 꽃놀이 공원이 아닙니다. 자신의 노후는 자신이 단단히 세워둬야 합니다.

저는 바람이 있다면 심근경색으로 고독사하기를 바랍니다. 죽는 순간 누군가의 눈에 띄기라도 하면 119에 실려 병원 갑니다. 그러면 중환자실에서 며칠 보내다가 겨우 회복되어도 결국은 요양병원행입니다. 그러니 죽는 순간에 들키지 않는 게 최곱니다. 이것이 여기 오는 젊은 사람의 시각이 아닌 죽어도 아깝지 않을 나이인 제가 생각한 마지막입니다.

아변님도 아직 나이가 많지 않으니 이 문제에 대해서 깊이 생각해보지 않았을 듯해요. 인생이 그리 간단한 게 아니랍니다. 좀전의 세대 여자들 중에는 재혼이 생계의 수단이어서 제법 나이 먹고는 사실혼보다는 재혼이라는 명목으로 나이 많은 남자에게 가서 생계를 이어가는 경우도 여럿 보았답니다. 자녀들이 골치 아픈 홀아버지에게 마누라를 얻어주는 형국이죠. 돈 좀 있는 집들은 많이 그렇게 하더군요.

이 댓글에 답글이 16개가 달리고 좋아요가 235개가 되어 있는 걸 얼마 전에 확인(이게 또 내 메일로 와요)했다. 많은 사람이 공감해준 것이 재미있고, 사람들이 이런 부분에 관심을 많이 가지는구나 하는 생각이 들었다.

새로 발견한 채널도 있다. 〈김세라 작가의 15분에 책 한 권〉이라는 방송이다. 이분이 3년 전에 방송한 박완서의 『나목』편을 들었는데, 너무 유익했고 이런 방송을 무료로 들을 수 있다는 게 고마워서 또 댓글을 달았다.

요즘 김세라 작가님 채널을 발견해서 틈틈이 듣고 있는데요, 목소리도 편안하시고 선택하는 책들도 좋아요. 나는 이 책을 대학교 다닐 때 <여성동아> 부록으로 읽었던 사람이랍니다. 그때부터 박완서님의 글이 나오면 무조건 읽었죠. 그러니 요즘 애들 말로 연식이 제법 된 사람입니다. 저도 책 읽는 거 좋아해서 소개하신 책을 많이 읽었어요. 그런데 세라님이 소개하시는 걸 듣고 있으면 내가 이 책을 정말 읽었나? 싶을 정도로 내용은 거의 다 까먹고 읽었다는 기억만 남아 있더군요. 요즘 새삼 옛 기억을 떠올리며 다시 책들의 내용을 더듬어가고 있습니다. 이 시간이 행복하고 더 많은 사람이 들어주었으면 하는 바람이 생깁니다. 기회가 되면 세라님의 책도 읽을 예정입니다. 세라님의 책을 선택하는 기준이 뭔지 몰라도 내가 읽었거나 읽었어야 했는데 못 읽어서 언제라도 꼭 읽어야지 하는 책들이어서 좋아요. 앞으로도 잘 부탁합니다.

3년 전의 방송이라 누가 꼭 볼 거라는 생각도 없었지만, 그냥 고마운 마음이 들어서 쓴 댓글이었다. 그런데 세라 작가님이 직접 "그죠. 예전에 읽은 책들은 가물가물해요. 그래서 오랜 책들은 추억인가봐요. 유익하신 듯하여 저도 님 좋습니다. 양질의 책 쭉~~ 올려놓을게요… 좋은 인연에 감사합니다"라고 답글을 남겨주었다.

한번은 이리저리 서핑을 하다가 문학동네 채널에서 꾸준히 팔리는 벽돌책을 소개하는 영상을 발견했다. 출판사 관계자 두 여자분이 헬맷을 쓰고 대화를 나누고 있었다. 짐작건대 아마도 벽돌에 머리를 다칠까봐 상징적으로 쓴 것 같아서 혼자서 엄청 웃었다.

아무튼 나는 요즘 유튜브로 세상을 보고 배우고 같이

놀기도 한다.

이외에도 유익한 방송이 차고 넘친다. TV처럼 일방적으로 나오는 방송이 아니라 내가 선택해서 볼 수 있는 이런 방송들이 있다는 게 너무 맘에 든다. 문제는 이렇게 유익하고 정성 가득한 채널에는 사람들이 별로 접속하지 않고 별 시답잖은 일회성 연예인 뉴스 같은 데는 조회 수가 어마어마하다는 것이다. 일반 사람들은 책에는 거의 관심이 없고 쓸데없는 가십에 자극적인 제목만 붙이면 일단 클릭한다. 또 정치적인 문제가 생기면 여야를 막론하고 출처를 알지 못할 별별 내용들이 올라온다. 흥미가 없어서 보지는 않지만 조회 수가 정말로 많다. 역시 인간은 정치적인가봐.

요리 채널들도 종종 본다. 부작용은 꼭 필요하지도 않은데 직접 따라 해보고 싶어진다는 거다. 그래서 한때는 돼지고기 수육을 여러 가지 방법으로(무수분 조리법, 혹은 된장이나 커피, 쌍화탕, 콜라 등을 넣고) 만들었다가 아들네에 가져다주었다.

또하나 느낀 건 한국 사람들이 진짜 성질이 급하다는 사실이다. 어쩌다가 다른 나라 사람이 올린 요리 영상을 보면 속이 터져서 볼 수가 없다. 설정을 1.25배로 놓고 봐도 느려터진 것 같아서 보다가 만 것도 제법 있다. 숏폼 영상에서 우리나라 사람이 요리하는 걸 보면 도마에다 칼질하는 모양새가 얼마나 빠른지 순식간에 착착착 후다닥 하면서도 설명할 거는 다 한다. 개인이 가꾸는 정원 같은 걸 보여주는 채널을 보면 좋기는 한데, 저 많은 노동을 어찌 감당하나 싶은 생각에(주로 나이 많은 분들인 경우가 많다) 게으른 나는 마음이 편치 않다. 그 외에도 운동하는 방법과 요령, 특히 요가에서 머리로 물구나무서기 같은 걸 시도할 때 도움을 많이 받았지만 아직 완벽하지는 못해서 벽 가까이서 시도한다.

하지만 이렇게 모든 배움과 방법이 유튜브에 다 있다고 해서 배워지는 건 아니라는 것도 배웠다. 운동 방법은 배웠지만 실시간으로 꾸준히 같이 할 수는 없다는 것, 결국 여러 사람이 모여서 한 공간에서 서로 기운을 주고받으며 같이 수련해야만 계속할 수 있다는 걸 알게 된다. 혼자서 유튜브만 보고 꾸준히 단련할 수 있는 사람은 이미 내공이 대단한 사람임을 알 수 있겠다.

유튜브를 켤 때마다 제일 많이 눈에 띄는 게 건강 관련 내용이다. 뭘 먹어야 하고 뭐는 먹으면 안 되고 어찌나 말들이 많은지 나중에는 뭐가 뭔지 모르겠다 싶어 될 수 있으면 안 본다.

잠이 안 올 때는 오디오북처럼 책을 낭독해주는 채널을 틀어놓고 자기도 한다. 왜 때문인지(요즘 젊은 사람들 표현을 써보고 싶었다) 박완서 작가의 책을 많이 읽어주는 것 같다. 이럴 땐 저작권은 어찌 될까 또 혼자서 쓸데없는 걱정도 하고, 머리가 복잡하고 생각하기 싫은 경우에는 어릴 때 행복하게 읽었지만 내용이 상세히 기억나지 않는 『소공녀』나 『소공자』 『비밀의 화원』 또는 『키다리 아저씨』 낭독을 듣고 있으면 마음이 평온해진다. 이러니 옛날만큼 책이 안 읽힌다. 다 늙은 나도 그런데 요즘 젊은 아이들이 책을 잘 읽겠나 싶다. 단순히 책을 읽느냐 마느냐의 문제가 아니라 사람의 관심을 끄는 게 너무 많아서 남들도 하는 것은 어쨌든 해봐야 직성이 풀리는 현대인들이니 조용히 책을 읽고 있을 환경이 못 된다. 오죽하면 요새 책 제목에 '도둑맞은 집중력'이라는 게 있을까? 내가 그나마 책을 좀 읽을 수 있었던 것도 그때는 책 읽는 것 외에는 뭘 해야 할지 아무런 대안이 없어서였을 수도 있겠다는 생각이 든다.

나이가 들어갈수록 우리가 살던 시대로부터 너무 멀리 와서 새로운 것들을 다 수용하기는 불가할 것 같다. 앞으로는 더 빠른 속도로 기계문명이 발전할 테고 내가 살아 있는 동안에도 이해 불가의 상황까지 가게 될 것이다. 나는 1948년생이니까, 겨우 두세 살 때 전쟁이 났다. 세계의 최빈국으로 당연히 여러 다른 나라의 후원이 없었다면 살기 힘들었을 것이다. 내가 살아온 동안이 바로 우리나라가 발전되어온 적나라한 세월이어서, 돌아보면 어린 시절이 아득하고 마치 후진국에서 태어나 선진국으로 이민 온 사람처럼 정체성에 혼란이 올 정도라 요즘 젊은이들의 행동들이 정말 이해가 안 되는 것들도 많다. 하지만 지금 나는 선진국에 살고 있다는 주문을 외우며 어쨌든 이해하고 수용해보려고 적극 노력하고 있다.

내가 이렇게 유튜브를 자주 열어보는 것은 우리 나이에는 요즘 세상에 대해서 모르는 게 너무 많고 이걸 일일이 누구에게 물어볼 수도 없다. 각각 개인이 되어 식구들도 다 따로 살고 있으니 이곳이 나에게는 새로운 문물의 창이다. 우리는 평생 학생이라는 말이 있지 않은가. 유튜브는 나의 선생님이다. 그리고 나는 평생 새로운 것을 배우고 싶어하는 학생이다. 공자의 인생일락人生一樂이 '배우고 때로 익히니 즐겁지 아니한가'인 게 우연이 아니다.

의리라면 여자

의리 하면 대부분 남자들의 의리나 깡패 집단의 누아르적 의리를 떠올리기 쉽지만, 알고 보면 여자들의 의리가 더 끈끈하고 돈독한 데가 있다. 부부간에도 살펴보면 남자가 의리가 없다. 남편이 위중한 병에 걸렸을 때 그 아내는 끝까지 간병을 하고 보살피는 경우가 많다. 아내가 큰 병에 걸려서 병원에 입원하면 대부분 딸이나 며느리 아니면 그의 친정 자매가 주로 간병을 한다. 그래서 여자들이 위중한 병에 걸리고 난 뒤 이혼하는 경우가 많단다. 여자 쪽에서 먼저 이혼하자고 해서 이혼했지만, 사실 내용을 알고 보면 차라리 이혼하는 것이 더 속이 편할 것 같아서 이혼하게 된다는 거다. 여자들은 유방암에 걸려서 집에서 요양도 못 하고 아직 젊은데도 요양병원(이런 환자를 위한 요양병원들이 있다. 실비보험에 가입한 사람들은 이런 병원 생활이 훨씬 경제적 부담이 적고 편하기 때문에 많이들 이용한다고)에 가서 투병 생활을 하는 경우가 많다(집에 있으면 아픈 몸으로 또 가사를 돌보지 않을 수가 없는 경우가 부지기수라). 여기 모여 있는 여자들끼리 이야기해보면 남편이 아내가 암에 걸린 것을 알았을 때, 처음엔 대단히 놀라고 걱정도 많이 하고 관심을 가지다가 얼마 지나지 않아 너무도 무심하고 섭섭하게 군다. 생각할수록 서운하고 힘들어져서 그동안 살면서 서운했던 감정까지 다 합쳐지기 때문에 다시는 같이 살고 싶지가 않아서 이혼하자고 의사를 밝힌다. 그러면 기다렸다는 듯이 합의이혼에 이르게 된다고 했다. 이런 인정머리 없고 의리 없는 남자라니. 사람마다 경우는 다 다르겠지만 말이다.

〈세상에 이런 일이〉 같은 프로에 남편이 아내를 지극정성으로 돌보는 사연이 한 번씩 나온다. 평균적인 남자들이 얼마나 제대로 못하면 남편이 아내를 잘 돌본다고 이런 게 TV에 다 나오겠는가? 대부분의 여자들은 다 남편을 지극정성으로 돌보기 때문에 이런 것은 화젯거리도 못 된다는 반증이다.

이런 문제에서뿐만 아니라 결혼이란 부부 둘의 관계가 믿음으로 구축되어 다른 이성은 돌아보지 않겠다는 전제 하에 이루어지는 것인데, 바람을 피운다는 것은 이런 부부 간의 의리를 저버리는 행위이다. 간혹 여자들도 바람이 나는 경우가 있지만 대부분 남편 쪽이 바람을 피워 문제가 발생한다. 바람을 피운다는 것은 배신 행위이며 이것이야말로 의리가 없다는 단적인 예이다.

바람나는 것이 왜 더 나쁘냐 하면 여기에는 필시 거짓말이 동반되기 때문이다. 시간상의 공백이나 경제 상황에 대해서 끝없는 거짓말을 구사해야만 현상을 유지하기 때문인데, 이렇게 되면 배신에다 배신을 더하는 것이라 당한 쪽은 상대방에 대한 환멸이 생기게 마련이다. 바람피우는 당사자는 다른 상대와 사랑에 빠져서 장밋빛 인생을 살고 있는 것 같겠지만, 제3자의 눈으로 보면 그런 사랑은 추하다. 그것은 사람의 품격을 무너뜨리는 결과이기 때문이다. 부부가 오래 같이 살다보면 남녀 간의 로맨스 같은 감정은 줄어들 수도 있지만, 사랑이 줄었다고 해서 결혼 생활을 끝내야 하는 것이 아니라, 이 이후야말로 의리로 살아야 하는 것이다. 같이 자녀를 낳고 기르고 세파를 헤쳐나온 동지와 같은 의리가 싹트게 되는 것이다. 이것이 어쩌면 더 끈끈한 관계를 형성할지도 모른다. 결혼 전의 남녀 관계와는 다른 원칙이 성립되는 것이다.

비단 부부간의 신의만이 의리가 아니다. 부모 자식 간의 관계라 할지라도 인간관계에서는 의리가 중요하다고 생각한다. 가끔씩 정말 철없는 부모들이 자신이 낳은 아이들을 방치하고 때로는 죽음에 이르게 하는 사건도 발생하지만, 혼자 독립적으로 생활할 수 없을 정도의 부모를 돌아보지 않는 자식들이 더 많은 게 현실이다. 사람이 다른 사람으로부터 보살핌을 받고 성인이 될 때까지 살아왔다면 내 부모의 안부를 묻고, 같은 공간에서 생활까지는 안 하더라도 근황을 파악하고, 필요시에는 마땅한 조처를 취하는 게 사람됨의 근본일 터이다. 요새는 부모가 장수하는 경우가 많아서 자식도 나이들어가다보면 부모 자식 간의 감정적 정은 줄어들지라도 사람이라면 당연히 지켜야 할 의리가 있는 것이다. (사실 노노老老케어 현상은 사회적 문제이다.) 이렇게 부부간이나 부모 자식 간에도 의리가 중요하다면 모든 인간관계의 핵심은 결국 의리에 있다 하겠다.

여기서 말하는 의리는 남자들이 술자리의 의리를 지켜 끝까지 남았다가 뒤처리를 하고 계산을 잘하고 술 취한 친구들을 차에 태워서 안전 귀가를 시키는 것 따위를 말하는 게 아니다. 이런 문화에선 오히려 혼자서 저 잘난 맛에 끝까지 의리를 지키다가 낭패를 보는 경우도 더러 보았다. 친구 관계에서도 진한 우정을 바쳐 끝까지 의리를 지켜 상대를 돌봐줬지만 끝내 배신을 당하는 경우도 많다. 거의 모든 동업자 관계는 한쪽의 의리 없음으로 인하여 파탄난다. 만약 모든 사람이 도덕적이고 의리를 잘 지켰다면 세계의 역사는 지금과는 전혀 달랐을 것이다.

1960, 70년대의 러브스토리를 보면 여자가 헌신적으로 가난한 연인을 뒷바라지했는데 성공(주로 사법고시에 합격한다)한 남자가 옛 여자를 배신하고 부잣집 딸과 결혼하는 내용이 많았다. 그래서 "헌신하면 헌신짝 된다"는 유명한 말이 회자되었고, 미래의 여자들에게 경각심을 가지게 해주는 역할을 했다. 그러나 이런 방식으로 이해하기에는 젊은 남녀의 사랑 관계에는 너무나 많은 감정이 유입되고 사귀다가 마음이 변해서 헤어질 수도 있는 문제인데, 단순 공식으로 말하기는 난감하다. 그러니 이럴 때는 배신이나

의리의 문제라기보다 그냥 마음이 변한 정도로 해두자. (어떻게 사랑이 변하니 따위의 말은 넣어두고.) 그러나 그렇게 여자의 헌신을 넙죽 받아놓고 이것에 대한 충분한 보상이나 정서상의 정성(곡진한 사과)을 보이지 않고 돌아선다는 것은 역시 인품 면에서도 모자라다는 증거이며 이런 인간들은 의리도 없다.

한때 남북 이산가족 상봉이 자주 진행되었을 때 많은 사람들이 TV 중계방송을 지켜봤다. 여기서 흥미로운 점은 남자가 남북 어느 쪽에 잔류했든지 간에 남자는 재혼하고도 상봉 신청을 해서 전 부인들을 만나는 경우가 더러 있었는데, 그렇지 않은 경우 즉 여자가 재혼했을 때는 상봉 신청을 아예 하지도 않았는지 그런 사례는 거의 없었다. 대개 여자는 남편과 헤어진 후에도 시부모를 모시고 아이들을 키우며 혼자 산 것에 반해 남자는 휴전선 너머에서 재혼하고 다른 가정을 이루고 산 경우가 제법 있었던 거다.

재혼한 남편과 평생 혼자 산 아내, 나는 이런 커플들이 상봉하는 순간의 표정을 유심히 살펴보았다. 그렇게 공개된 장소에서 방송까지 하니 무슨 특별한 감정을 드러낼 수 있었겠냐만. 옛날엔 여자들에게만 수절을 요구하는 강압적인 분위기가 있었다. 하지만 사회의 요구만으로 이렇게 되지는 않는다. 아무래도 여자에게 의리를 지키고자 하는 DNA가 있지 않나 싶다. 어떤 면에서는 재혼하고도 전 부인을 만나러 나온 남자가 뻔뻔한 것일 수도 있겠다. 양쪽의 여자에게 상처를 주는 결과인 것이다. 이산가족이란 이렇게 가볍게 넘겨짚고 말 정도의 역사는 아니지만 말이다.

며칠 전 파마를 하러 미장원에 갔을 때, 86세의 할머니를 아들이 모시고 온 것을 보았다. 머리 염색도 하고 커트도 해서 모레 생신날 예뻐 보이게 해달라는 주문을 했다. 모자간에 이런 광경은 정말 드문 일이라, 아니 어떻게 하면 이런 모자지간이 될 수 있냐고 놀라워했더니, 두 분이 다 대나무 작대기로 탕탕 두드려패가며 키우면 된다고 웃으며 말했고 거기 있는 사람들도 다 같이 웃었다. 그러고 보니 어쩐지 모자가 많이 닮은 것도 같고, 어머니는 인상도 푸근하고 덩치가 있어 의자에 앉힐 때나 일으켜세울 때나 아들이 꼼꼼히 잘 돌봐드렸다. 심지어 좀전에 한의원에 가서 침도 맞혀드리고 하루종일 어머니를 차에 태우고 다니며 케어한다는 것이었다. 아니 〈세상에 이런 일이〉에 나와야 하는 모자가 아닌가? 나는 내심 더욱 감탄했다. 할머니는 아들만 셋이라며 자신은 딸이 없어도 하나도 아쉽지 않다고 하셨다.

이분들이 용무를 끝내고 간 뒤 미용실 원장이 말했다. 사실 저 사람은 할머니의 친아들이 아니고 일종의 기사 겸 비서 역할로 채용된 직원이라는 거였다. 할머니의 아들이 어떤 회사 사장인데, 직원 중에서 자기 대신 어머니를 모실 사람을 물색했다고 한다. 날마다 어머니의 집으로 출근하고 기사 역할을 하면서 같이 시간을 보내고 복지관에도 같이 가고 병원에도 모시고 가도록 어머니에게 개인 전담 비서를 붙여준 것이었다. 정말 놀라운 점은 두 분이 하나도 어색하지 않고 모자간이라고 해도 아무도 의심을 못할 정도로 사이도 좋아 보였고 너무나 자연스럽게 보였다는 거다. 이분의 아들은 혼자 지내시는 어머니를 위해 자신의 대역을 잘 뽑아서 어머니에게 붙여준 것이다. 어떻게 보면 돈으로 어머니에 대한 의리를 산 것 같아 보였다. 이 방법도 나쁘지 않아 보인다. 돈 많은 사장님이니 가능한 일이겠지만, 그러나 아무리 돈이 많아도 이렇게 세심하게 어머니를 돌보는 경우는 드문 일인 것 같다. 언뜻 간병인으로는 여자를 채용하는 것이 낫지 않나 하는 생각이 들었으나, 아직 병환중이 아니고 잘 나다니시니 남자 기사가 적합한 것 같았다. 간혹 엘리베이터에서 할머니가 탄 휠체어를 미는 젊은 사람을 마주치면 처음엔 사정도 모르고, 세상에 이렇게 날마다 어머니를 산보시키기는 쉽지 않을 텐데 싶어서 아주 대견하게 보였다. 나중에 알고 보니 대개 간병인이었다.

그렇지, 아무리 효심이 강하더라도 자신의 생활도 있다보니 어머니를 매일 밖으로 모시고 나오기는 정말 쉽지 않은 일이다. 그것이 자신의 직업이니까 이렇게 같은 시각에 매일 할 수 있지 않겠나. 지금은 건강보험공단에서 노인장기요양보험 지원을 해주어서 많은 비용을 들이지 않고도 가능해진 일이다. 그러나 노인이 이런 시스템을 이용할 수 있도록 누군가 마음을 써주고 나머지의 시간을 돌보는 일은 어차피 자녀들이 해야 하는 일이라 세심한 돌봄이 필요한데, 이런 부분에서도 남자보다 여자가 더 유능하다. 여기서 딸이 아니라 여자라고 한 것은 이런 역할을 맡는 사람이 며느리일 수도 있기 때문이다. 평소에 고부 사이가 안 좋았더라도 실제로 이런 상황이 닥치면 남자들은 이런 일에는 무능하다. 그러니 마음만 있지 방법을 모른다. 모르면 할 수 있는 일이 없다. 이런 면에서 보더라도 남자보다 여자의 의리가 더 깊다고 본다.

대부분의 남자들은 나이들어갈수록 모든 면에서 무심해지는 것 같다. 스포츠에 열광하는 것 빼고는 일상생활에서 여자보다 잘하는 게 별로 없어 보인다. 오죽했으면 돌아가신 친정어머니가 "남자가 늙으면 두부 반 모보다 쓸데가 없다" 했을까. 우리 어머니 세대에서는 더욱 그랬을지도 모르겠다. 남자들은 언제나 대우받고 사는 것에 익숙해져 있다보니 다른 사람을 위해서 어떻게 해야 할지 모르는 것 같아 보이고, 늙어서도 서로 자신의 힘을 과시하려는 마음이 남아 있어서 자기들끼리 가진 술자리에서도 끝에는 다툼으로 끝나는 수가 많다. 그러나 여자들의 모임에는 좋은 기분을 유지하려는 태도가 있고, 서로 돌보고 위로하는 관계가 되어가기에 나이든 지금은 여자들의 모임이 훨씬 더 좋다. 의리를 잘 지킬 수 있는 것도 유능해야 할 수 있다. 인간관계를 잘 이어나가고 서로를 돌보는 면에서도 여자들이 유능하다. 알고 보면 의리라면 여자인 것이다.

내 꿈은 개꿈

나는 꿈을 꾸다 잠에서 깨고 나면 거의 대부분 기억하지 못한다. 그만큼 인상 깊은 꿈을 꾼 적이 별로 없다는 말이다. 좀 뒤숭숭한 꿈을 꾸었더라도 현실에서 맞아들어가는 경우는 좀체 없기 때문에 내 꿈은 항상 개꿈이라고 생각한다. (실제로 가끔씩 개가 등장하기도 한다.)

내 주변에 꿈을 꾸면 잘 맞아떨어지고 거의 예언자처럼 해석까지 하는 사람이 있다. 바로 위의 언니와 내 절친한 친구가 그렇다. 언니는 나같이 꿈에 대해서 둔한 면을 보이는 사람(좀 덜 종교적이거나 육감이 덜 발달한 사람)을 대신해서 내가 큰아이를 낳았을 때 미리 태몽도 꾸어준 사람이고, 구체적인 내용(아들을 낳는다)도 알아맞힌 사람이기 때문에 내가 영 무시하지는 않는다. 친구의 경우에는 자기가 꿈이 잘 맞고 영험하다고 했으니 그런가부다 하고 생각한다. 그렇다고 그 친구의 삶이 더 윤택하거나 더 잘나가 보이지는 않는다. 꿈의 의미를 대단한 것처럼 해석하고 유난을 떨고 꿈의 예시대로 조심해도 당할 것은 당하고 올 일은 오고 말기 때문이다. 꿈의 해석을 놓고 그렇게 전전긍긍할 필요는 없다고 생각하니 오히려 맘 편하게 살아지는 것 같았다. 이것은 나처럼 그냥 평범하게 살아가는 사람 입장이고, 대단한 창작을 하거나 창의력이 필요한 사람은 꿈을 중요시하고 꿈에서 영감을 얻는 경우도 많다니 나 같은 사람이 함부로 말할 내용은 아니다.

사주 관상이나 점을 보러 다니는 것도 마찬가지가 아닐까. 그들이 알려주는 대로 한다고 안 올 것이 오거나 올 것이 안 오거나 하지는 않을 것이다. 물론 그 계통에 뭘 좀 아는 사람 입장에서 본다면 내가 너무나 막무가내로 겁 없이 사는 것처럼 보일 것이다. 사실은 꿈에 정말 뭔가 심오한 게 있나 싶어 프로이트의 『꿈의 해석』과 칼 융의 집단 무의식에 대한 글도 좀 읽어보았지만, 지루하기만 했지 사는 데 딱 부러지게 도움이 되는 것 같지는 않았다. 어쩌다가 꿈에서 전화가 먹통이 되거나 잘 안 들리는 통화를 하다가 깨고 나면 스스로 뭔가 답답한 마음인가보다 하고 짐작만 한다. 다만 한 가지 수도꼭지에서 물이 콸콸 나오는 꿈을 꾸면 신기하게도 생각지도 않은 돈이 생기는 것 같았는데, 요새는 이런 꿈 자체를 꾸지도 않는다. 연금 생활자가 어디서 갑자기 돈이 생기겠는가?

심리학에도 대단한 기전이 있는가 싶어서 이것저것 읽기도 했다. 심리학자들이 어린 날의 상처가 제대로 치유가 안 돼서 지금 현재의 삶이 매끄럽지 못하니, 그 근원을 찾아서 그때의 어린아이를 달래줘야만 지금 심리적인 게 해소될 거라는 식의 말을 할 때는 글쎄, 그럴까 싶다. 우리 중의 누가 그렇게 어린 날 완벽하게 자랐을까? 우리 부모 세대는 더 형편없는 가운데서 삶을 살았고, 아이의 심리적인 배려까지 하면서 살 수 있는 여건이 아니었을 거라는 말이지. 그러니 어머니가 완벽한 어린 시절을 보낸 것도 아니고, 오히려 정말 힘든 세월을 견뎠기 때문에 더 많은 심리적인 문제를 안고 살아왔을 것 아닌가?

우리 세대는 그런 부모 밑에서 섬세한 보살핌 없이 그냥 대충 커왔기 때문일까. 산다는 건 본래 다 그런 거 아닐까 싶고, 사람이란 다 그렇게 결핍된 중에서도 살기 마련이라고 생각한다. 아니, 결핍 없이 자란 사람은 더 많은 문제를 일으키는 경우도 있으니 어린 날 잘못 키워졌느니 하는 말은 나와 같은 세대에게는 참 한가한 소리로 들린다. 요즘이니까 아이들의 정서 함양을 위해서 여러 종류의 예술 공연도 하고 어린이용 영화도 따로 만들며 하여간 어린이를 위한 여러 가지들이 기획되는 모양인데, 그렇게 더 잘 키운다고 키웠는데도 요즘 아이들이 사춘기를 더 요란하게 겪는다. 사실 다 털어놓지 못해서 그렇지 요즘 아이들과 심하게 불화하는 부모가 엄청 많다는데, 이게 갈수록 왜 이렇게 되어가느냐 하는 거지. 뭐, 별 뾰족한 대답도 없지만 말이다. 그런데 유명인들이 TV에 나와서 자신이 자란 환경을 말할 때 흡족한 환경에서 모자람 없이 잘 자랐다는 사람보다 문제적 환경에서 어렵게 살아왔다고 하는 사람들이 더 많아 보였고, 이런 고난을 딛고 인간 승리를 한 스토리가 더 흔해 보였다.

어쨌든 아이를 낳을 때 대단한 태몽을 꾸었다고 대단한 인물이 되는 건 아닌 것 같다. 대통령이 된 사람의 태몽은 그야말로 대단했을 것 아닌가. 그랬다고 우리가 참 만족할 만한 대통령을 뽑은 적이 있었나? 그러니 보통의 우리는 별 대단한 꿈을 꾸었더라도 별거 아니다. 태몽이니 해몽이니 하는 단어들은 잊어버리는 것이 정신건강에 좋을 것 같다.

살면서 딱 한 번 점을 보러 간 적이 있다. 친한 친구가 사는 게 잘 안 풀린다며 자주 점을 보러 다니던 시기에 유명한 점집에 새벽부터 줄을 서서 번호표를 받았는데, 내 것까지 받아두었다고 오라는 바람에 갔다. 수염을 기른 할아버지였다. 나는 다른 것은 하나도 궁금하지 않고 30대 초반의 딸내미가 결혼을 안 하겠다고 하니 정말 사주에 남편이 없어서 안 하려는 건지 그것이 알고 싶었다. 생년월일과 태어난 시를 넣고 점을 보니 늦어도 결혼 운이 있고 아들도 늦게 낳는다고 했다. 앞으로 운도 좋아 잘산다고 해서 어쩐지 심리적 위안이 되는 것 같았다. 어쨌든 뭐라고 써서 봉투에 넣어 갖고 왔는데, 그 당시에 복채가 5만 원이었나? 정확한 기억은 없다. 그런데 딸이 지금 40대 중반을 넘겼는데, 남편이야 앞으로도 모를 일이지만(기대하지 않는다. 그러나 사람 일은 알 수 없으니까) 태어난다는 아들은 어떻게 된 거지 싶다. 태어나야 할 인구 한 명이 저절로 소멸된 건가? 잘 본다고 소문이 나서 새벽부터 줄을 세운 사람이 본 점괘가 왜 이 모양일까 싶은 생각이 들었다. 주변에 많은 사람들이 이런 점집에 제법 자주 간다. 복채로 나간 돈만도 상당하단다.

나는 내가 그쪽에 별 관심이 없고 복채를 자주 갖다주지 않으며 이 나이까지 살아온 것이 대견하다는 생각이 든다. 별 탈 없이 살던 사람도 아이들이 진학할 때나 남편의 진급이나 개업을 앞두고 마음이 불안해져서 점집에 가서 물어보고 싶은 마음이 생긴다 하니, 불확실한 시대의 불안이 우리를 이런 곳으로 이끄나보다. 사람이 살면서 왜 앞날이 궁금하지 않겠는가? 우리 어머니 세대는 신년이 되면 당연한 수순으로 신년 운수나 토정비결 등을 보러 갔고, 점집들은 이때가 제일 손님이 많아 운수가 대통했을 것이다. 젊었을 때 신문에 나온 오늘의 운세를 꼭 챙겨보고는 했지만, 그걸 기억했다가 실제로 맞거나 틀리거나 연결지어서 생각해본 적은 없다. 그 자각을 한 것도 한참 나이 먹고 난 뒤의 일이라 어느 순간부터는 오늘의 운세란도 굳이 찾아보지 않았다.

옛날에는 결혼할 때 모든 것이 불확실했기 때문에 점을 치고 궁합도 맞춰보고 했겠지만, 요즘 젊은 사람들은 상대를 직접 만나서 데이트하며 알아볼 것은 다 알아본다. 그래도 은근히 이런 것들에 관심이 많은 모양인지 타로점을 보는 카페도 생기고, 연인들이 많이 가는 곳에는 사주 궁합이라고 써붙여놓은 승합차들을 자주 보게 된다. 돈을 결제하면 사주를 봐주는 인터넷 사주도 많은 모양이다. 인간이 살아가는 곳에서는 미래를 내다본다는 자들에게 눈길이 가게 마련이고, 이것을 이용할 필요가 있는 사람도 있는 법이다. 그런데 약간 참고만 하면 좋을지도 모르겠는데, 이런 것을 지나치게 신봉하면 여기에 너무 몰두하는 바람에 여기저기 찾아다니느라 경비가 은근히 많이 나간다고 한다. 이런 경비들을 모아서 확실하게 저축해두면 앞날에 더 도움이 되지 않을까.

내 이성은 이렇게 믿고 있으면서도 실은 저마다 타고나는 사주팔자가 있고 따라서 수명도 정해진 게 아닐까 하는 생각도 한다. 나의 어머니는 남아선호사상이 심하던 그 시절에 위로 딸만 줄줄이 셋을 낳고 네번째에 아들을 낳았다. 그러니 아들을 얼마나 귀하게 생각했을지는 뻔하다.

이 아들의 사주가 궁금하여 어디 물어보고 다녔을 테고 수명이 짧다는 말을 듣고는 얼마나 안타까웠겠는가. 그 방편으로 아들을 어디다 팔아야 한다고 해서 팔았단다. 이런 사람을 '판모'라고 하는데 일종의 무당처럼 푸닥거리를 해주는 사람이었다. 그 시절 어떤 사람은 절에다 아이를 팔았다(가상으로)고도 했다. 명절에 판모의 집에 선물을 가져다주는 심부름을 갔던 기억도 있다. 그리고 돌날 떡을 많이 해서 백 명의 사람에게 나눠주면 좋다고 해서 사거리에서 지나가는 사람에게 떡을 돌리기도 했다(먹고살기 어려웠던 시절의 응급 복지라고 보면 좋겠다). 세월이 흐르고 이런 것들은 기억에서 잊혀버렸다.

남동생은 성격도 좋고 효자에다 공부도 잘하고 얼굴도 잘생기고 운동도 잘하고 노래도 기가 막히게 잘 불렀다. 예쁜 아내를 만나서 예쁜 딸 둘을 낳았고 사업도 잘했다. 40대 후반에 대장암이 발병해서 수술을 하고 거의 다 나았다고 생각했지만, 그때만 해도 의학이 못 미쳤는지 재발하여 투병 생활을 하다가 49세에 저세상으로 가고 말았다.

투병 생활 동안 우여곡절도 많았다. 꼭 살리고 싶었던 누나들이 새벽기도를 가고 금식기도를 하고 입맛 떨어진

동생을 위해 온갖 것을 다 구해다 먹였다. 그러나 결국 가고 말 것을, 그때 70대 중반이었을 어머니의 심정을 어떻게 헤아릴 수 있겠나. 인생이 이런 것이다.

사는 동안 잊었던 판모 사건이 한 번씩 생각났다. 얼마 전 서울에 갔을 때 자매들(정통파 기독교인들)과 모여서 이 이야기를 꺼냈다. 타고난 수명이 있는 것 같다는 것과 떡 돌렸던 날의 기억도 이야기했다. 그렇다면 그 옛날 사주 봐 준 사람들(어머니가 한 곳에만 간 것이 아닐 거라는 뜻)이 했던 말이 틀리지 않았던 것 아니냐는 생각도 들었다. 방비를 단단히 한다 하더라도 일어날 일은 일어나고 올 일은 오고야 마는 것이 우리네 인생이라, 그렇다면 미리 알고 전전긍긍할 것도 못 되니 차라리 맘 편하게 내 꿈은 개꿈이려니 생각하는 것이 속 편하다.

엄마가 되면 비겁해진다

TV를 보면 패널이랄지 아니면 셀럽일지 뭐라고 불러야 좋을지 모르겠는데, 의사나 약사, 변호사 아니면 그렇게 유명하지는 않지만 낯익은 연기자들이 줄줄이 나오는 프로들이 있다. 이런 프로에 단골로 나오는 사람들은 자신의 본업은 어떻게 하고 있나 싶은데, 별별 온갖 주제의 인간사에 자신의 의견을 말하고 남의 일에 참견도 한다. 이런 사람들은 일종의 유사 연예인이라고 해도 좋을 것이다. 사람들은 TV에 자주 나오는 사람에 대해 관심을 가지고 그들의 사생활까지도 알고 싶어해서 한때는 유명인의 가족들이 대거 출연한 적도 있었다. 일이 저렇게 되면 사는 게 피곤할 텐데 저들은 어찌 감당하려고 저러나 싶은 생각이 들었다.

이 무렵에 딸내미와 이야기하다가 "너 절대 유명해지면 안 된다. 유명해지면 인생이 피곤해" 내가 이런 말을 했더니 "나는 유명해질 건덕지도 없지만 유명해지면 안 되는 이유가 뭔가요"라고 해서 "사람이 살다보면 실수를 할 수도 있고 길 가다가 넘어질 때도 있는데, 너 길에서 나자빠졌을 때 아무도 너를 모르면 그냥 툴툴 털고 일어나 갈 길 가면 되지만, 그 주변에 있던 사람들이 너를 알아보면 얼마나 쪽팔리겠니" 이렇게 말했다.

세상 사람들이 다 아는 유명인은 사는 게 정말 조심스러울 것 같다. 살다보면 누구라도 이혼을 하는 수도 있고, 사업에 실패할 수도 있고, 사귀던 연인과 헤어질 수도 있고, 본인의 가족이나 자녀가 사고를 칠 수도 있다. 이런 사건은 우리 모두에게 일어날 수 있는 일이고 이것만으로도 충분히 고통스럽고 힘든데, 이게 만천하에 공개방송된다면 얼마나 더 감당하기가 어렵겠는가? 이후에 나이가 좀더 든 딸은 엄마가 그렇게 말해주어서 부모의 바람이 너무 큰 사람보다 부담이 없어 맘이 편했다고 했다.

아이를 국민학교에 입학시키고 며칠 동안 같이 학교를 데리고 다니면서 보니 벌써 학교에서 요란하게 두각을 나타내는 엄마들이 눈에 띄었다. 일명 치맛바람 엄마인 것이다. 그러거나 말거나 신경 끄고 있었는데, 일이 어떻게 진행된 건지는 모르겠지만 학부모 모임이라는 명분하에 엄마들만 모이는 조직이 만들어져 이런저런 정보들을 주고받게 되었다. 이들은 공공연하게 선생님께 촌지를 건네야 한다는 말을 했다. 무슨무슨 명목으로(학교 비품이 충분하지 않으니 청소도구를 구비하거나 커튼을 달아야 한다는 등 이유는 많았다) 단체로, 또 개인적으로도 돈을 내야 한다는 것이었다. 요즘 사람들이 들으면 얼마나 물고 뜯기 좋은 소재인가? 그러나 그때는 다 공공연한 비밀이었다.

옳지 못한 일인 줄 뻔히 알지만 엄마가 되면 비겁해진다. 내 아이만 선생님으로부터 따돌림을 받거나 미움을 받게 만들 수는 없다는 생각을 하게 마련이다. 다른 사람들도 촌지를 다 갖다 바치는데 나만 고고하게 안 했다가 우리 아이가 불이익을 받지나 않을까 전전긍긍하게 되는 것이다. 그때는 엄마들도 다 젊어서 치기 어린데다 이런 문제에서 자존감을 회복하고 싶은 심리까지 작동하여 뒷소문이

무성했고 소문이 소문을 낳기도 했다. 그러니 자신의 블라우스 한 장도 사기 힘든 경제 상황에서도 촌지를 마련하고 이걸 또 자연스럽고 능숙한 방법으로 전달하는 세련미도 숙달해야 하는 것이다. 가끔씩 박완서의 소설이나 또다른 작가가 쓴 소설에 이런 상황에서 〈샘터〉나 〈리더스 다이제스트〉 같은 책자에 돈봉투를 슬쩍 끼워넣고 건네는 장면이 등장하면 속에서 웃음이 배실배실 나온다.

한 반에 학생이 60~70명이나 되니 내 아이에게 선생님의 눈길이 한 번이라도 더 가게 되길 원하는 마음이 생길 수밖에 없는 구조이기도 했다. 2부제 수업이라 오전반과 오후반으로 나누어 상당히 복잡한 방법으로 학교를 다녔으니 지금의 사정과 비교하면 상전벽해라 할 수 있겠다. 촌지와 엄마들의 치맛바람은 그 팍팍한 시대의 비틀린 생활상이었다. 우스운 건 그렇게 국민학교 때 공부 좀 한다는 아이들의 엄마들 모임이 쭉 이어져서 아이들과는 상관없이 지금까지 평생 친구로 지내는 경우도 더러 있다. 이 엄마들 모임에 속했다는 것은 담임 선생님에게 촌지깨나 들고 다녔다는 증명인 셈이다.

엄마들의 치맛바람은 아이가 국민학교 저학년일 때 더

요란하지만, 상급 학년이 되면 양상이 이상한 방향으로 흘러가서 전교회장이 누가 되는지가 지대한 관심사이다. 엄마의 영향력이 센 아이가 전교회장이 되는 경우도 있다. 중학교만 가도 그런 경우는 잘 없는 것 같다. 딸내미가 고등학교 때 자칫 전교회장 후보가 될 것 같다고 했을 때 그렇게 되면 내가 피곤해질 수도 있다며 후보로 나서지 말라고 만류했다. 어쨌든 전교회장이 된 아이는 그 학교에서 유명인사가 되는 셈이다. 졸업식에서 답사도 읽는다. 사회에 진출하고 동창회라도 열게 되면 전교회장 하던 걔는 요새 뭐하느냐는 화제가 꼭 나온다. 어릴 때 두각을 나타냈지만 기대만큼 사회적 위치가 좋지 않으면 잠깐 동창들의 입길에 오르내리기야 하겠지만, 그런 것은 별문제가 되지도 않는다. 당사자는 전교회장 콤플렉스라는 게 생길 수도 있어서 끊임없이 나는 이 정도는 되어야 할 사람이라는 생각을 짊어지고 살아가는 것이다. 이러니 전국의 초중고 전교회장에다 전교 1등 하던 사람들의 그 자의식은 지금 우리 사회가 이렇게 빡빡하게 돌아가는 원천일 수도 있겠다.

엄마가 되기 전의 나는 거침없고 씩씩하고 사회정의를 부르짖는, 또한 남녀 불평등의 산 증거인 남편을 쳐부술 수 있는 용감한 전사였다. 그러나 엄마가 되고 나니 사회정의 따위는 안중에도 없고 한없이 비겁해져서 남편의 부당한 처신도 감싸안고 내 바운더리를 지켜내야 한다는 생각만 강해져갔다. 대부분의 엄마들이 그렇다. 내 아이는 데모에 참가하지 말았으면, 내 아이는 정쟁에 휘말리지 않았으면, 내 아이가 물에 빠진 남의 아이를 구해내려는 의로운 마음을 내지 않았으면 한다. 그러다가 내 아이가 불이익을 받게 되거나 위험 상황에 빠질 수도 있기 때문이다.

　나는 어쩌면 다른 엄마들보다 더 비겁한지도 모른다. 나는 내 아이들이 순한 삶을 살기를 바랐고, 특별히 잘난 존재가 되어 다른 사람들의 주목을 받는 것도 원치 않았다. 그냥 남들 사는 평균 정도의 수준으로 건강하고 행복하게 살기를 바라며 그들의 인생이 순탄하게 흘러가기를 바랐기 때문이다. 그래서 아이들에게 원대한 꿈을 키우라든지 뭔가 주목받는 일을 해내라고 주문해본 적이 없다. 아이들의 인생이 피곤해질 일은 두 팔 벌리고 나서서 막아서고 싶었다. 그런다고 그들의 인생이 어찌 순탄하게만 지나가겠냐만. 일어날 일은 일어나고야 만다.

옛말에 인생 3대 불행은 소년 등과와 중년 상처, 노년 빈곤이라 했다. 소년 등과는 요즘 말로 풀이한다면 이른 나이에 아주 유명해져서 모든 사람이 부러워하는 상태가 되는 것을 말한다. 비근한 예로 아직 어린데 연예인으로 빨리 떠서 부와 명성을 한꺼번에 이루는 것을 들 수 있다. 아직 성인이 되기 전의 인품으로 세상에 대한 이해도 떨어지는 상태에서 사람이 오랫동안 이런 긴장을 계속 가지고 살아갈 수는 없기 때문에 얼마 지나지 않아서 여러 부작용이 발생한다. 계속 정상의 자리를 유지하기는 어렵고, 조금씩 그 명성이 사라져가는 걸 지켜보기도 힘들다. 아역 배우로 시작해서 성인 배우로 성공하기도 어렵고, 성공하더라도 그 긴장을 길게 끌어나가는 인생에는 스트레스가 엄청나기 때문에 스스로 목숨을 버리는 경우도 있다. 멀쩡하고 모범적으로 보이던 배우가 갑자기 마약을 한다거나 실은 알코올중독자였다거나 하는 일들은 꽤 흔하다. 결국 어느 순간에 긴장의 끈을 툭 놓아버리고 싶어지는 것이다.

파파라치가 난무하는 외국의 경우는 더 심하다. 이혼과 재혼을 수차례 해서 사람들의 입길에 오르고 얼마 지나지 않아 망가진 모습들이 인터넷에 돌아다닌다. 타인의 시선은 폭력이란 걸 알아야 한다. 깡패들이 싸울 때 "뭘 봐?"라며 시작하지 않나?

나는 이제 할머니이지 엄마가 아니다. 그러므로 이제 나는 비겁하지 않다. 나는 자유를 얻은 것이다. 내 자식들은 성인이 되었고 엄마의 역할은 미미하다. 나는 중년의 내 자식이 자신의 업계에서 유능한 사람이 되길 바란다. 유능한 사람과 유명인은 다르다. 유능한 사람은 자기에게 맡겨진 일을 차질 없이 잘해낼 수 있는 사람을 말한다. 40 중반을 넘고 50을 향해 가는 사람들이 유능하지 않으면 평균 정도의 수준을 유지하며 살아가기도 힘든 것이 세상이기 때문이다. 인생살이에서 보통 정도의 수준을 유지하면서 선량하게 살아갈 수 있다면 제일 좋지 않나 싶다. 젊은 사람들이 몰라서 그렇지 금수저로 태어나면 거기에 상응하는 뭔가가 되어 보여야 하기 때문에 인생이 피곤해진다. 그렇게 좋은 환경과 뒷받침에도 별 볼 일 없는 존재에 머무른다면 그 또한 얼마나 스트레스를 받겠는가. 누구나 자기가 짊어져야 할 생의 무게가 있는 법이다.

사회적 재난이 발생하면 기부금들이 답지한다. 연예인이나 재벌급 부를 지닌 사람들의 기부금 액수가 밝혀질 때

보면 우리 같은 서민들이 제일 살기 좋은 것 같다. 아무도 내가 기부금을 얼마나 내는지 알지 못할 거고, 내가 하고 싶으면 하고 내기 싫으면 안 내도 누가 압박하는 눈초리를 보내지 않는다. 살아보니 인생은 플러스 마이너스 제로다.

결혼 생활에 해피엔딩은 없다

남편의 장례식을 치르고 나서 '모든 결혼 생활에 해피엔딩은 없다'라는 문장이 떠올랐다. 우리 삶의 끝이 결국 죽음이라면 인생 자체가 해피엔딩일 수 없을 테니까. 이것을 모르는 사람은 아무도 없다. 언젠가는 끝이 나게 되어 있다. 그런데도 왜 우리는 결혼 생활이 해피엔딩이라고 생각하며 살았을까? 많은 동화책이 그들은 "오래오래 행복하게 잘살았습니다"로 끝나기 때문에, 당연히 결혼하면 행복하게 사는 결말만 있는 줄 알았겠지. 하지만 부부가 마지막까지 같이 살다가 같이 죽기를 바란다면 그것은 더 큰 불행을 원하는 것과 같다. 같이 차를 타고 가다가 교통사고로 같이 죽거나 아니면 둘이 동반자살을 시도하지 않는 한 자연사로 같이 죽는 일은 아예 없다고 봐야 한다. 부부 중 어느 한쪽이 죽고 며칠 사이에 다른 한쪽이 죽는 경우도 있긴 하지만, 이때는 둘 다 아주 연로하여 실제로 더 딱한 경우일 수도 있다.

우리가 젊었을 때는 가까운 곳에 도서관도 별로 없었고 경제적으로 여유로운 것도 아니어서, 보고 싶은 책을 꼭 사서 읽을 수가 없었다. 그때는 손에 들어오는 읽을거리들을 닥치는 대로 읽었다. 그러다보니 어디서 어떻게 읽었는지 제목도 기억에 없지만, 인상적인 대목들이 생각나는 글이 있다. 어느 월간 문학잡지에 실린 에세이였던 것 같은데, 한 남자 작가가 자기는 결혼하고 나면 아침에 일어났을 때 자기 머리맡에 갈아입을 속옷을 개어서 두고 여자가 꿇어앉아서 기다리고 있을 줄 알았다는 거다. 이 대목을 읽고 내가 너무 우스워서 폭소를 했던 기억이 있다. 여성 작가가 쓴 또다른 글에서는 결혼하고 나면 살 집과 살림살이 외에 생활에 필요한 것들이 저절로 주어지는 줄 알았고, 결혼하기만 하면 날마다 재미있을 줄 알았다는 고백이 있었다. 내가 젊었을 때 읽은 글이니 그분들은 나보다 더 나이 많은 분들이었을 것이다. 그러니 그들은 아주 젊었을 때, 아마도 여자는 20대 초반, 남자는 중후반이었을 때 결혼했겠지. 그것이 그때의 사회상이니까. 그러니 결혼에 대한 각자의 상상이 다 달랐던 것이고, 그만큼 뭐가 뭔지도 모르고 결혼했다는 뜻이기도 할 것이다. 본인이 결혼했다기보다 부모가 결혼을 시켰다는 말이 맞을 것 같다. 그때는 혼주의 역할이 막강했고, 대부분이 중매결혼이었다. 연애결혼이라 하면 좀 특별난 경우로 보았다. 지금은 신랑 신부가 나이들이 많아 혼주의 역할이 그렇게 중요하지도 않고, 저런 터무니없는 상상을 하며 결혼하는 사람들도 없다.

가끔씩 하기 좋은 말로, 노부부가 손을 맞잡고 천천히 걸어가는 모습이 좋아 보여 그게 로망이라고 하는 사람들이 더러 있다. 그러나 그것은 아직은 기력이 남아 있고 그렇게 많은 나이가 아닐 때라야 가능한 일이다. 내가 이렇게 나이 먹고 내 주변 사람들도 지켜보니 건강상의 문제가 발생하여 한쪽이 다른 쪽을 부축해야 하거나 손을 잡아주지 않으면 걸음걸이가 불안정해지는 경우도 많다. 백년해로하여 오래오래 같이 나이 먹어가길 바라지만 그것도 욕심이어서, 부부가 다 80대 중반을 넘기면 둘 다 건강하고 활기차게 살기보다 한쪽이 한쪽을 케어해야 하는 사태가 시작

된다. 문제는 다른 한쪽도 다른 사람을 돌볼 만한 체력이 못 된다는 것이다. 이렇게 사는 것 자체가 불안정하고 불확실하다. 병석에 있는 배우자를 돌보다가 지쳐서 다른 쪽이 먼저 죽는 경우도 더러 있어 인생이란 변수가 너무 많다. 부부간에 금슬이 좋아 평생 만족하며 잘살아왔더라도 한쪽이 오래 투병 생활을 하면 그게 어느 쪽이든 간에 지쳐서 이제 이쯤에서 끝났으면 좋겠다는 생각을 하게 된다. 무조건 오래 사는 것이 능사는 아니다. 죽음이 어차피 부부의 문제라면 한쪽이 아직 건강을 유지하고 있을 때, 그가 여자든지 남자든지 상대방을 케어해서 잘 떠나 보낼 수 있다면 오히려 행운이다. 한쪽이 정리를 다 하고 나면 한 부모쯤 자식이 책임지는 것은 덜 미안할 테니. 죽을 때까지 같이 살지 않고 중간에 이혼했다면 또 얼마나 많은 괴로움과 번민에 시달렸을 것인가. 자녀가 있다면 그후로도 많은 갈등을 야기할 수 있다. 이렇게 부부가 결혼 생활의 마지막에 이르면 결혼이란 게 무언지 인생의 끝이 무언지 좀 알게 된다.

한때 나는 결혼이란 둘이서 배를 타고 무인도로 들어가는 것이 아닐까 생각했다. 한 부부 사이에서 일어나는 미묘

한 일은 부부밖에 모른다. 그러니 곁에서 보더라도 그들이 어떤 내막으로 사는지 아무도 알 수 없는 것이다. 일견 금슬 좋아 보이던 부부가 이혼하기도 하고 날마다 아웅다웅 하면서도 죽을 때까지 붙어 사는 경우도 많다.

사실은 남자 종족과 여자 종족은 전혀 다른 종이라고 본다. 그런데 외형이 같은 인간 형태라고 이 둘을 한집에 몰아넣고 같이 살아라 하는 것이 문제다. 이 문제를 인식 하고 상호 간에 이해하려고 하는 자세를 가지고 미리미리 교육을 받았더라면 좋았겠지만, 아무도 이런 인식이 없다. 학교 교육 커리큘럼에 부부간의 예의나 남녀 간 생각의 차 이 등을 넣어야 한다고 생각한다.

예전에는 사회적 압박으로 인해 이혼을 쉽게 하지 못해 서 끝까지 참고 사는 경우가 많았다. 여자들은 속병이 생 기고 한이 많아졌다. 이제 갈수록 이혼과 비혼, 사별하고 혼자 사는 사람이 늘어나 우리나라 1인 가구가 35%를 넘 었다니 국가정책도 바뀌어야 할 것 같다.

결혼이란 둘이 처음 만나 한집에서 살다가 한쪽이 죽고 남은 한쪽의 애도 기간이 끝났다고 여겨지는 지점까지가 전체 결혼 생활이라고 생각한다. 둘이 데면데면하게 살았다면 한쪽이 죽고 나서 애도 기간이 그렇게 길지 않을 테고, 둘의 사이가 애틋할 정도로 좋았다면 남은 사람의 애타는 심정이 길어 두고두고 슬퍼할 테니 모든 일에는 언제나 양면성이 있다고 본다. 그래서 일본의 작가 소노 아야코는 어쨌든 부부는 1이라고 본다 했다.

술을 좋아하던 내 남편은 코로나로 친구들을 오래 만나지 못하다가 1년 만에 동기들 모임에 나가 기분이 좋아 술을 많이 마시고는 택시를 타고 집 근처까지 와서 걸어오던 도중에 넘어져서 다리를 크게 다쳤다. 그동안 혈전 용해제를 먹고 있었기 때문에 이 약을 일주일 동안 끊고 기다렸다가 수술에 들어갔는데, 갑자기 심장에 문제가 생겨(노년에 이런 일은 허다하다. 혈전 용해제를 먹다가 멈추면 혈액이 막힐 수 있기 때문이다) 본래 심장 문제로 다니던 대학병원으로 이송되었고, 중환자실로 갔다가 일반 병실로 옮기고, 다시 재활병원에 입원했다가 퇴원했다. 집에서 간병하며 걷는 연습만 열심히 하면 살살 좋아지겠다 생각했는데, 당뇨병 환자가 다리를 다쳐 누워 있으니 다른 쪽 다리가 당뇨 때문에 문제가 생겨 다시 수술을 하고, 중환자실로 일반 병실로 재활병원으로 한 바퀴 더 돌게 되었다.

보호자로 따라다니면서 이런 일들을 뒷바라지하다보니 사인만 500번은 한 것 같고, 실제로 내가 더 나이 먹고 건강이 안 좋았다면 이런 돌봄이 가능하지가 않겠다는 생각이 들었다. 74세의 할머니가 80세의 남편을 태우고 새벽 1시에 대학병원 응급실에 도착하는 일이 그렇게 쉬운 일은 아니다. 게다가 요즘 의사들은 가차없이 말을 하기 때문에, 처음 다친 다리를 수술한 정형외과 의사는 노인이 이런 수술을 받고 나면 예후가 좋아도 일 년을 넘기기가 어렵다는 말을 했고, 당뇨 문제로 두번째 수술을 했을 때는 주치의가 이분은 지금 돌아가시는 게 행운입니다, 이런 말을 아무렇지도 않게 했다. 왜냐하면 당뇨 발 문제로 수술을 하면 잘 낫지도 않고 회복되기가 너무 어려운데, 고통마저 심하다는 것이다. 심지어 그런다고 이게 회복되는 것도 아니라는 말까지 덧붙였다. 의사들로부터 이런 말까지 듣고 나니까, 그래도 좀더 오래 살아 있으면 좋겠다는 바람보다는 본인이 덜 고통받는 게 중요하겠다고 생각했다.

코로나 시국이라 재활병원에 가서 간병할 수도 없었고 면회도 안 되니, 애꿎은 핸드폰만 붙들고 있었다. 당신 다리가 각각 천만 원씩 2천만 원짜리이고 당신 임플란트도 그 정도 들었으니, 당신 몸이 비싸서 죽으면 억울하다. 이런 실없는 소리나 하다가 다리를 다친 날로부터 5개월 만에 병원으로부터 사망 소식을 들었다. 허겁지겁 달려갔지만, 비닐장갑과 비닐옷과 비닐신발을 챙겨 입고 신고 병실까지 가는데(그 시간이 너무나 길게 느껴졌다) 또 시간이 지체되었다. 내가 왜 이렇게 장황하게 정황을 묘사하느냐 하면 누군가 이 지구상에서 소멸하는 일이 그렇게 쉬운 일은 아니라는 거다. 한 죽음에 따른 수많은 일들이 있고, 그것을 부부 중 남은 쪽이 감당해야 한다는 것을 말하기 위함이다. 이러니 결혼 생활에 해피엔딩은 있을 수가 없다는 말이다.

나중에 생각하니 남편은 5개월 동안 두 번의 전신마취 수술과 입퇴원 등으로 인해서 정신적인 충격이 아주 커서 제대로 된 사고를 할 수 없었을 것이다. 만약 평소와 같은 사고를 할 수 있었다면 '내가 이러다 죽을 수도 있겠다' 싶으면 중요한 말이라도 남겨놓아야겠다고 생각했을 테고, 뭔가 하고 싶은 말이 있었을 것이다. 그런데 나는 차마 당신이 오래 살지 못할 수도 있다는 말을 못 하겠고, 의사가 했던 말은 절대로 전달할 수가 없었다. 우물쭈물하다가 그야말로 내 이럴 줄 알았다는 상황이 와버린 것이다.

이게 인생이다. 끝에 별게 없다. 심오한 깨달음이 오거나 50년 가까이 같이 살았던 사람과 마지막 인사라도 살갑게 할 수 있는 것도 아니고, 모든 것은 허망하게 끝이 나버린다.

얼마 동안은 정리하면서 시간을 보냈다. 남편이 친애하던 제자들을 불러서 책이나 그림, 기념할 만한 것들은 가져가게 하고, 재직했던 학교에 성의도 표시하고, 나머지는 버리고 또 버리고 정리 정리 정리, 한 트럭분의 책을 정리했다. 그리고 남편은 몇 권의 시집으로 남았다. 사는 동안 한때 나는 저 남자가 술과 축제의 나날을 보내는 데 들러리나 서는 인생인 것 같아 부부싸움을 많이도 했다. 마지막 부부싸움을 한 이후 나는 이 싸움에서 승자가 된 것이다. 모든 것은 승자의 몫이다. 전리품으로 남은, 남편이 못 버리게 하던 것들을 모조리 다 버렸다. 당신이 평소에 옳다고 주장하고 끝까지 소장한 것들을 내 손으로 다 정리했다. 그러게 오래 살아남아서 천년만년 지키고 살지, 쌤통이다.

그러면 사는 것이 헛되기만 했는가? 어차피 태어났으니 삶은 살아가게 되는 것이다. 내가 인생을 살아가는 동안

이 남자가 내게로 와서 같이 살면서 진객珍客인 아이들도 낳고, 살아가는 터전도 만들고, 사회의 일원으로 주눅들지 않고 살아올 수 있었다. 앞으로 살아갈 날들의 필요 부분도 남편 덕분에 마련되어 있다.

　결혼 생활에는 해피엔딩이 없지만, 인생의 끝이라고 해서 그것이 불행한 것만은 아니다. 노쇠하고 내 주변의 모든 것이 변하고 내가 이해할 수 없는 세상이 왔을 때 인생의 끝지점으로 갈 수 있는 것도 축복이다.

2부

나에게 관심 가지는 사람은
나밖에 없음에 안도하며

아끼지 않는다

한동네에 사는 아들 식구와 한 달에 한두 번 정도 만나서 밥을 먹는다. 나는 집에서 누군가의 주도로 밥을 차리고 나중에 설거지까지 끝내야 하는 가사노동의 부담이 싫어서 주로 외식을 선호하는 편이었는데, 코로나로 밖에서 먹기가 불편해지자 우리집에서 그냥 배달음식을 먹기로 했다. 배달음식을 먹는다 해도 이걸 치우려면 또 일이 많다. 다섯 식구의 앞접시로 썼던 그릇과 수저가 아무리 일회용이라도 재활용품으로 버리려면 그걸 또 깨끗이 씻어서 내놓아야 하니, 밥 먹고 난 뒤에 며느리와 같이 싱크대 앞에 서 있게 된다. 마침 그때 수건걸이에 일회용 행주가 걸려 있었다. 몇 번이나 빨았던지 그게 좀 나달나달 해진 모양을 하고 널려 있는 꼴을 며느리에게 딱 보여준 꼴이라, 속으로 좀 창피해진 내가 나는 아무래도 "아끼지 않는다" 라는 표어를 싱크대 문짝에 붙여놓아야 할 것 같아, 라고 며느리에게 말했다. 일회용이라면 당연히 적당히 쓰고 버려야 할 텐데, 나의 정서상 아직 더 쓸 만한 걸 버리는 게 도저히 용납이 안 돼서 몇 번을 빨아 쓰고 그걸 널어놓았다가 며느리에게 뭘 잘못해서 들킨 것만 같았다. 맘으로는 창틀이라도 닦고 버려야지 하는 요량이었지만, 젊은 사람들의 눈에는 청승으로 보일 것 같았다.

우리나라에 화장지가 보편화된 게 언제쯤인지 아시나요? 1960년대 후반 미군 물품들이 흘러나와서 좀 잘사는 집들에서는 화장지를 사용했겠지만, 대부분의 집들에서는 그때까지도 화장지라는 걸 구경도 못 했다. 그럼 용변을 보고 난 후의 뒤처리는 어찌했나? 주로 신문지나 철 지난 책들을 찢어낸 것을 사용했는데, 더 깊은 시골에서 자란 사람은 신문지는 양반이란다. 지푸라기나 호박잎으로 해결했다는 말도 들었다. (요즘 아이들은 화장지말고 다른 종이로 뒤처리를 대체했다는 게 무슨 말인지 모르겠지만, 사실 우리 세대도 잎사귀까지는 도저히 이해 불가다.) 일일 달력이라고 습자지 같은 종이를 하루 한 장씩 뜯어내는 두툼한 달력이 있었는데, 하루가 지나고 나면 누군가 잽싸게 그걸 뜯어서 화장지로 썼다. 그걸 순간적으로 놓치면 그렇게 억울할 수가 없었다. 그 종이는 좀 꾸깃꾸깃하게 비벼주면 정말 부드럽기 때문에 누구나 눈독을 들였다. 어쨌든 1970년대에 크리넥스 화장지가 나오고 수세식 화장실이 보편화되기 전에는 화장지도 고가품이었기 때문에, 나와 같은 세대의 사람들은 일회용품 쓰기가 심리적으로 쉽지 않다.

그중에서도 물티슈를 쓰는 게 저항감이 많이 든다. 밖에서 물티슈를 사용할 때는 편리하게 쓰지만, 집에서는 군이 물티슈를 사용하지 않아도 되기 때문인지 길 가다가 엉겁결에 전단지와 함께 딸려온 물티슈도 오래 안 쓰니까 물기가 하나도 없이 말라버린다. 여러모로 시험해본 결과 나같은 사람은 종이행주를 사용하는 것보다 키친타월을 사용하는 것이 맘이 편해서 이제는 아예 일회용 행주는 사지 않는다. 바깥에서 화장실을 이용하고 손을 씻고 핸드타월을 쓸 때 한 장만 뽑아 써도 괜찮은데, 그걸 꼭 두세 장을 픽픽 뽑아서 쓰고 버리는 젊은 사람들이 있다. 그걸 보면 아이구 저 아까운 거를, 싶다. 손만 닦고 버리는 깨끗한 핸드타월도 아까운 생각이 들기는 마찬가지다. 그렇게 따지면 요즘 세상에 낭비되는 모든 물건들이 아깝지 않은 게 없다.

코로나 기간에 선거를 치를 때 투표소에서 비닐장갑을 두 장씩 주었다. 투표를 끝내고 나오는 곳에는 벗어놓은 비닐장갑이 수북하니 통에 쌓여 있었고, 나는 아까운 생각이 들어 내가 쓴 장갑은 집으로 가지고 와서 음식물쓰레기 버릴 때 사용했다. 우리가 어렸을 때는 물자가 아주 귀해서 뭐든지 아껴 쓰는 게 당연한데다 우리 어머니는 아껴쓰기 선수권자라 해도 모자랄 정도로 절약의 달인이었다. 어머니가 사는 방식을 보고 자란 우리들도 조금이라도 낭비한 것 같은 생각이 들면 알 수 없는 죄책감이 들어서 쉽게 물건을 버리지 못한다.

요즘 미니멀라이프에 관한 책들이 더러 나오고, 일 년 이상 한 번도 끄집어낸 적이 없는 물건은 버린다는 원칙으로 집 정리를 하라는, 또는 설레지 않는 물건이나 옷은 버린다는 요령도 적어놓은 모양인데, 뭐 그런 얼척없는 원칙들을 가르쳐준단 말인가 싶은 세대가 우리 세대다. 물론 여기서 버린다는 것이 진짜 쓰레기로 버리는 게 아님도 안다(기부하거나 공익재단에 보내거나 필요한 사람에게 줄 수도 있다). 주로 일본 사람들이 쓴 책에 이런 내용이 많은데, 이들은 집이 우리나라보다 작아서 그런 게 아닐까 짐작한다. 하여간 쪼잔하기는, 옷이나 물건을 보고 설레면 그게 심장병이지 정상이냐?

말은 이렇게 하지만, 어머니가 혼자되시고 고향 진주에서 살고 계실 때는 부산 사는 내가(다른 형제들은 다 서울에 산다) 대표로 어머니를 자주 찾아뵙고 항상 당부했다. "엄마, 그렇게 아끼지 말고 엄마 필요한 거 있으면 사고 좀 맘놓고 쓰면서 사시라." 어머니는 "내가 지금은 얼마나 맘놓고 쓸 일 있으면 쓰는데, 걱정을 하지 마라"라고 말씀은 하시면서도 내가 오래된 사기그릇 같은 건 좀 버리자고 하면 펄쩍 뛰며 그게 전자레인지에 넣고 쓰기가 얼마나 좋은데 버리냐고 싫다 하신다. 우리 어머니 세대는 우리가 보기에 지나치게 아끼고 절약하는 게 몸에 배어서 답답하게 느껴지는데, 우리를 보면 아이들은 또 답답한 부분들이 있겠지. 그래도 어머니가 그렇게 아껴 모아서 목돈을 만들었다가 자식들이 필요한 때 쓰라고 주면 답답해한 건 잊어버리고 좋아하기만 한다.

어머니는 스스로 얼마 못 살겠다는 생각이 드셨을 때 열 명의 손주들에게 각각 천만 원씩을 주셨다. (그때로부터 8년을 더 사시다 돌아가셨다.) 80대의 할머니가 1억을 모으려면 얼마나 절약을 하셨겠나 싶다. 진주에 갔을 때 화장실에서 쓰는 휴지가 비싼 각티슈길래 "엄마, 이거 비싸게 치일 텐데 왜 이걸 쓰세요" 했더니, 휴지는 당장 사야 하는데 그거는 은행 같은 데서 선물로 주었기 때문에 많이 쌓여 있다는 말이었다. 이것은 참으로 아이러니한 일이다. 어머니가 1억을 모으기 위해서 은행에 적금을 들고 하면서 은행에서 사은품으로 준 각티슈들이 그렇게 모였는데, 처음부터 각티슈를 화장실용으로 쓰진 않았을 거고 어느 때부터 각티슈가 많아져서 화장지로 쓰신 것이다. 비싼 거라도 지금 나에게 많이 쌓여 있으면 자연히 사용할 수밖에 없다는 말이 된다. 그러니까 앞으로 살아갈 날과 모아둔 재산을 가늠해서 재산이 너무 많은 사람은 각티슈처럼 쓰는 게 뭐가 있을까 생각해볼 만하다.

나는 우리 자식들에게 엄마가 주신 천만 원씩을 전해주며, 이것은 할머니가 인생에서 제일 소중하게 생각하고 좋아하신 것으로 너희들에게 이걸 주신다는 건 자신의 제일 소중한 것을 나눠주시는 거라고, 긴요한 일이 있으면 생각을 많이 해보고 사용하라는 말을 해줬다. 그 돈은 손주들에게는 천만 원의 가치이겠지만, 우리 형제들은 그게 얼마나 대단한 결과물인지 다 알고 있다.

우리끼리 만나면 자신의 쓸데없는 절약 습관에 대해서 말하곤 한다. 언니는 직장생활을 하면서 정장을 자주 입었던 시기에 팬티스타킹의 올이 나가면 그걸 그냥 못 버려서 두고 있다가, 다른 팬티스타킹의 올이 나가면 올이 나간 한쪽 다리 부분만 잘라내고 그걸 겹쳐 입었다는 거다. 언니는 옷이 자신을 압박하는 걸 나만큼 싫어하기 때문에 가위로 고무줄을 조금 자르면서도 그렇게 입었단다. 그러다가 어느 땐 '아이구 이거 버리자. 내가 이거 하나 제때 못 버릴 형편이냐' 속으로 이러면서 버리는데, 어쩐지 켕기는 기분이 든다는 거다.

내 밑의 동생은 빈병이나 일회용 그릇들을 깨끗이 씻어 말렸다가 어디 놀러갈 때나 하여간 바깥에 나가서 사용할 일이 생기면 알뜰히 사용하는데, 살림을 도와주러 오는 도우미 아주머니들도 놀랄 정도란다. 막내 여동생 역시 화장도 잘 안 하고 비싼 옷 같은 걸 잘 사지도 않는 덜렁이라 자신을 위해서는 돈 쓸 일이 별로 없다는 거다. 하지만 다른 사람을 위해서는 돈을 잘 쓴다. 그 덕분인지 다들 남에게 돈 빌리러 안 가고 70대를 넘기고도 할 거 다하며 별달리 생활에 부담 없이 잘살고 있다.

우리나라의 노인 빈곤율이 OECD국 중에서 1위라는데 절약으로 단련된 사람들임에도 이렇다니 안타깝다. 내가 싫어하는 신문 기사들 중에는 노부부가 온갖 절약을 하고 자기 쓸 거 안 쓰고 아껴 모아서 무슨 학교나 재단이나 자신과는 별 상관 없었던 곳에 거액의 기부금을 내놨다는 기사가 있다. 이런 기사를 보면 짜증이 확 올라온다. 그분들도 쓸데 있으면 좀 풍족하게 쓰고, 자신과 관련있는 친구들이나 이웃들에게 인심도 팍팍 써서 평소에 고맙다는 말도 듣고, 인생을 좀 여유롭게 사셨다면 더 좋았겠다는 생각이 들기 때문이다. 그러고도 여유가 생겨서 사회 환원을 하신다면 대찬성인데, 실제로 더 돈 많고 쌩쌩하고 대접 잘 받고만 산 사람들은 이런 분들보다 기부를 더 안 한다. 사람마다 자신이 생각하는 가치관이 다 다르니 뭐 내가 굳이 열낼 일은 아니다만.

자, 이제 나도 "아끼지 않는다"라는 표어에 맞추어 내가 한 낭비를 자랑하겠다. 우선 차를 산 것. 그동안 끌고 다니던 18년 된 차를 처분하고 새 차를 샀다. 처음에는 이제 몇 년밖에 못 탈 테니 중고차나 하나 살까, 아니면 어차피 혼자 끌고 다닐 테니 준중형차를 살까 한참 생각하다가 계약할 무렵 차가 빨리빨리 출고가 안 된다는 말에 그냥 제일 빨리 출고될 수 있는 조건의 중형차를 사버렸다. 내 인생 마지막 사치라는 생각을 했는데, 여기서도 나의 아끼기 신공이 발휘되었다. 무슨 무슨 옵션을 장착하면 돈이 1500만 원이 더 들어간단다. 나는 아무것도 선택하지 않고 기본 사양으로 샀다. 내가 처음 운전할 땐 기어를 수동으로 조작해야 하는 스틱차도 몰았던 사람이다. 그런 옵션 없다고 내가 운전을 못 하겠냐. 남 보기 좋으라고 외장이 더 화려한 거 타봐야 내 눈에는 보이지도 않는다. 그까짓 트렁크가 저절로 안 열리면 어떠냐 싶은 배짱이 있으니까 무옵션으로 살 수 있었다. 지금 아무 문제 없이 잘 끌고 다닌다.

그동안 있으면 좋겠지만 없어도 크게 불편하지 않은 것은 없는 채로도 잘 지내왔다만, 최근에 새로운 품목으로

구입한 것은 디퓨저와 향수다. 젊은 사람들은 집에다 향초나 비싼 목향도 피우고 당연한 듯 향수도 쓰고 하더라만은 우리는 젊었을 때부터 익숙하지 않았던 습관이라 크게 필요를 느끼지 않았다. 그런데 문득 내가 매일 목욕은 하지만, 우리집에 들어왔을 때 할머니 냄새가 나지 않을까 싶은 걱정이 든 것이다. 인터넷 쇼핑에서 검색해서 평도 좋은데 가격도 무난한 것으로(사실 원 플러스 원이라서) 구입했다. 냄새가 너무 진해도 좋은 기분이 안 들어서 랩으로 입구를 반쯤 막고(사실은 이것도 아끼기 신공이다) 거실에 두었더니 은은하니 기분이 좋다. 한 번씩 엘리베이터에서 독한 남성용 스킨 냄새가 나면 너무 싫은 느낌이 들어 향수를 직접 뿌리지는 않는다. 화장솜에다 향수를 살짝 뿌려서 침대 곁에다 둔다.

그다음은 좀 괜찮은 스탠드를 산 것. 아이들이 공부할 때 쓰던 거였나, 어쨌든 집에 있던 스탠드를 써왔다. 그런데 딸내미가 파장이 흔들려 안 좋다고, 눈 나빠지니까 바꾸라고 했는데도 계속 쓰다가, 그래도 내가 책 좀 읽는 사람인데 제대로 된 스탠드 하나쯤은 있어도 좋겠다는 생각이 들어서 제법 고가의 제품(할인율이 높은)을 샀다. 누워서 읽을 때 방향을 이리저리 맘대로 돌릴 수 있고, 조도도 조절할 수 있어서 상당히 만족스럽다.

침대 옆에 둘 협탁을 살 때는 비싸고 번듯한 것을 살 뻔하다가 이제부터 사는 살림살이는 내가 죽고 난 후 아이들이 망설임 없이 버릴 수 있는 것이어야 한다는 생각에 싸고 가벼운 것을 선택했다. 어머니가 돌아가시고 어머니의 자랑이었던 자개장롱을 버릴 수밖에 없었을 때 마음이 오래 안 좋았던 기억이 있기 때문이다. 이래서 노인이 되면 구매력이 줄어들 수밖에 없겠구나 싶다.

어느 영업사원이 집에 할머니만 있는 것을 보고 어, 아무도 없네, 이러고 갔다는 전설적인 이야기가 생각난다. 나의 결심, 필요한 게 있으면 망설이지 않고 사겠다. 그러나 어머니는 말씀하셨다. 살다보면 아낄 수 없는 것이 있는데, 그것은 국가에 내는 세금(어머니는 친구분이 국가에서 주는 노령생계비를 지원받는 걸 시샘하더니 나중에는 세금을 내는 처지가 훨씬 떳떳하다고 말씀하셨다)과 병원비라고. 그러니 아낄 수 있는 곳에서는 아껴야 한다 하셨다. (아, 또 결심이 흔들린다.)

아들 식구들이 다 가고 난 뒤 부엌에 물 마시러 갔다가 며느리가 짜서 널어놓은 너덜너덜한 행주가 수건걸이에 다시 걸려 있는 걸 보고 혼자서 푹 하고 웃었다.

목욕탕 풍경

　어쩌다가 한 번씩 서울에 가게 되면 며칠 있는 동안 공중목욕탕을 못 가서 답답하다. 서울은 땅값이 워낙 비싸서 그런지 머무는 동네 가까운 곳에 적당한 대중탕에 가고 싶어도 잘 없다. 호텔 사우나 같은 곳은 값도 비싸고, 차를 타고 한참을 가야 겨우 목욕탕이 있는데, 여러 면에서 부산보다 불편하다. 나는 매일 집 가까이 있는 목욕탕에 간다. 규모는 그리 크지 않지만 서울의 동네 목욕탕처럼 작지도 않다. 부산에는 온천탕과 해수탕도 있고, 일반 대중목욕탕도 적당한 거리 안에 있다. 특히나 내가 사는 이곳 해운대는 다른 동네보다 목욕탕이 더 많다. 한꺼번에 한 달치 목욕값을 내고(일일 이용비보다 훨씬 싸다) 매일 가는

'달목욕'이라는 시스템도 있다. 일 년 치 연회비를 내는 곳도 있는데 목욕탕마다 운영방침이 달라 꼭 같진 않다.

달목욕을 하는 사람들은 대부분 이제 가사에서 좀 놓여나서 시간적으로 여유가 생긴 50, 60대가 많다. 40대는 얼마 안 되고 70대도 많지는 않다. 매일 대략 비슷한 시간대에 다니기 때문에 학교 다니는 것 같고, 새벽반(일찍 깨는 노인이나 자영업하는 사람들이 많다) 오전반 오후반(오전에 운동 프로그램이 있어 나는 주로 오후반에 나간다) 저녁반(직장인들이 퇴근 후 많이 온다)끼리는 같은 반 친구처럼 얼굴도 다 안다. "어제는 왜 안 왔느냐" "이 동네는 어째 사생활 보장이 안 된다니까" "오늘은 좀 늦었네" 등등의 말을 나누고, 몇 년을 그렇게 다니다보니 서로의 사정을 알게 되고 친밀하게 지낸다.

사우나나 온탕에서 몸을 데우고 냉탕에 들어가면 어디서도 대체할 수가 없는 상쾌한 기분이 든다. 반신욕을 하면서 목을 돌리고, 남에게 불편을 끼치지 않는 정도에서 스트레칭도 하고, 냉탕에서는 짧지만 수영도 한다. 어쨌든 건강에 도움이 될 것 같다는 기대로 매일 목욕탕에 가서 시간을 보내곤 한다. 그러다보니 목욕탕에서 사회가 돌아가는 것을 감지하고, 세상의 민심이 변하는 것도 목욕탕 사우나에서 더 잘 느낀다.

어떤 날은 뜬금없이 물메기탕 맛있게 끓이는 요리 강좌가 펼쳐지고, 요즘은 김장용 배추가 해남산이 좋냐 강원도 고랭지 배추가 좋냐 비교검토한다. 어떤 이는 자신의 친정 동네 고추를 자랑하다가 공동구매까지 한다. 지켜보면 공동구매 목록도 다양하다. 남해의 젓갈, 또 어디의 건미역, 김, 곶감, 고사리, 칡즙 이외에도 그때그때 종류도 다양하다. 주로 타지에서 인연 따라 부산으로 온 사람이 자신의 친정 동네나 잘 아는 사람의 농장을 연결하는 구조다. 또 누군가 몸의 어디가 아프다 하면 치료 방법과 효과 있는 병원과 여러 대처할 의견이 줄줄이 이어지고, 근육통이 있거나 허리가 아프다면 사우나의 뜨거운 옥돌벽에 수건을 감고 기대는 게 병원의 물리치료보다 낫다며 권한다.

대부분이 뱃살(모든 중년 여자들의 적이다)을 문지르는 마사지 기구 하나쯤은 가지고 다니는데, 개중에는 방짜로 만든 놋제품이나 값비싼 은제품들도 있다. 그 정도는 아니어도 집에 있던 적당한 종지나 접시 등으로 피부를 마사지해준다. 무릎, 어깨, 허리 등 각 부위별로 부항기를 붙이

고 있는 모습은 처음 유행하기 시작했을 때는 엽기적인 광경이었지만 지금은 당연한 목욕탕 풍경 중의 하나이다. 부항기를 떼고 나면 그 자리가 검자주색으로 변해 있을 정도이다가도 꾸준히 붙이면 아무 색깔도 안 나온다. 그러면 피가 깨끗해진 모양이라고 생각한다. 맞는지 안 맞는지는 모를 학설이지만, 우리는 다들 그렇게 믿고 있다.

나이를 제법 먹은 사람들이다보니 안 아픈 사람보다 어느 한 군데라도 아픈 사람이 많고, 그 대처 방법으로 목욕탕에 다닌다. 한편으로 사우나가 동네 정보 교환 장소 노릇도 톡톡히 한다. 가까운 재래시장의 어느 가게 과일이 맛있는지, 어느 정육점 고기가 질이 좋은지, 어느 식당이 가성비가 좋고 음식이 고급스럽고, 어디는 보기보다 괜찮다는 품평도 한다. 이런 곳에서 평이 한 번 잘못 나가면 우리는 발길을 뚝 끊는다.

워낙 익숙하게 보는 사람들이라 저 서양의 어디에 있다는 나체촌이 이해가 될 것 같기도 하다. 하긴 그곳은 남녀가 함께 있으니 전혀 다른 분위기일지도 모르겠다만, 서로의 벗은 몸이 익숙해지니까 어떤 때는 "와~ 형님 오늘 점심 많이 잡샀는 모양이네요" 이런 말도 예사로 하고, 다이

어트에 관한 상의도 많이 하고, 어떻게 하면 살을 뺄 것인가에 대한 방법론도 많이 주고받는다. 어느 한의원에서 침을 맞고 약을 지어 먹었다는 이야기, 매일 수지침을 맞고 효과를 봤다는 이야기, 기타 등등. 그래도 내가 목욕탕을 제법 오래 다녔는데, 그렇게 '특정 방법'으로 뺐다는 사람은 한동안 날씬해졌다가도 요요 없이 오래 유지하지 못하고 대부분이 다시 본래대로 돌아간다. 살을 빼기 위해서 들이는 돈도 상당할 것 같았다. 그래도 가끔씩 성공하는 사람도 있는데, 어디가 아파서 밥맛이 뚝 떨어지면 저절로 살이 빠지고 다시 안 찐다. 그런데 밥맛 없는 것도 사람으로 할 짓이 아니다. 그러니 그냥 밥 맛있게 먹고, 살이 좀 쪘더라도 건강하고 활발하게 사는 게 좋다.

성형에 관한 정보도 많이 오간다. 한번은 인상이 좀 안좋은 할머니가 오셨다. 이야기를 해보니 오랫동안 루푸스인가 하는 병을 앓아서 외형이 너무 늙어 보여 성형외과에서 이마에 보톡스 주사를 맞았다고 했다. 이마 주름이 단번에 없어지고 팽팽해졌는데, 이게 점점 눈 쪽으로 내려오는지 눈이 붓고 처져서 인상이 완전히 고약하게 변했다는 거다. 의사가 며칠 내로 와서 물광주사도 맞고 필러도 넣으라고 했는데, 어찌해야 좋을지 모르겠다고 토로했다.

외모를 가꾸고 살기도 참 힘들구나. 대책이 없던 시대에
는 늙으면 늙는 대로 사는 줄 알았는데, 늙어도 대책을 잘
세우고 돈을 들이면 나이보다 젊어 보이는 시대가 되고 보
니 선택하기도 간단치가 않다. 늙을수록 외모에 신경쓰고
자신의 모습을 가꿀 줄 알아야 우울증도 안 오고 활기 있
게 노년을 살 수 있다는 책이나 유튜브의 조언이 있더라
만, 나는 아픈 거는 못 참기 때문에 누가 공짜로 성형해준
다 해도 노땡큐다.

세태라는 게 어찌나 빨리 변하는지 작년 다르고 올해
다르다. 서울서 직장생활하는 아들 부부가 다가오는 명절
에 못 올 일이 생겼다고 연락하면 못 보게 돼서 섭섭하다
고 말은 하지만, 속으로 잘됐다 싶단다. 가족이어도 항상
같이 살지 않는 이상 완벽한 손님이고, 손님 접대에는 부담
이 많이 생긴다. 아들이나 딸 가족이 오면 이부자리를 챙
겨야 하는 게 제일 부담된단다. 하루이틀 정도 사용하고
간 것을 다시 빨고 정리해야 하니 보통 성가신 게 아니다.
얼마 전만 해도 며느리들의 명절증후군이 어쩌고 하는 말
들이 많았는데, 한해 한해 가면서 양상이 빠르게 바뀌고

있다. (며느리 보고 나서 제사를 절에 올리거나 아예 없애버린 집도 많고 해서, 이제 명절에 제사 지내는 집은 그리 많지 않다.)

요즘은 나이든 엄마들이 더 스트레스를 받는 것 같다. 며느리 부려먹었다는 말 들을까봐 모든 것을 완벽히 준비하려고 하기 때문이며, 자식들이 와 있는 바람에 목욕도 못 왔다며 불평을 한다. "아이고, 이것들이 VIP잖아." 손주들이 오면 엄청 반갑지만, 얼마 지나지 않아 저것들이 언제 가나 싶단다. 어떤 엄마는 딸이 와서 오랜만에 고향 친구들 만나러 간다면서 손자 둘을 맡기고 나가는데, TV는 틀지 말라고 했단다. (요즘 TV를 없애고 육아하는 게 유행이라네.) 이 3살 5살 되는 애들을 데리고 놀아주려면 도저히 체력이 남아나질 않아서 지쳐 쓰러질 지경이라 에라, 모르겠다 싶어 투니버스를 7700원 주고 구독해서 만화영화를 보여주며 한숨 돌리고 있는데, 딸이 들어와서 애들을 그런 걸 보여주고 있다고 엄마를 나무랐다는 거다. 화가 나서 한소리 해주고 목욕탕에 와서 푸념이다.

한 엄마는 손녀들이 징글징글하다고 했다. 왜 그러냐고 했더니 딸이 의사인데 사위도 의사란다. 첫딸을 낳았는데 두번째에 딸 쌍둥이를 낳았다는 거다. 도저히 따로 살아가지고는 해결이 안 돼서 집을 넓혀서 합쳤는데, 가사도우미 아주머니가 오지만은 조금도 자기 시간이 안 나고, 이렇게 목욕탕에 와서 잠시 휴식을 가진다고 했다. 게다가 작은딸이 주말에 친정이라고 자기 딸 둘을 데리고 오면 정말 정신이 없어서 어찌할 줄을 모르겠단다. 듣는 나도 정신이 혼미해지려고 한다. 그런데 처음부터 왜 그렇게 모두 다 책임질 생각을 했느냐고 물었더니, 자기는 엄마가 17살 때 돌아가셔서 아이들을 낳고 키울 때 친정엄마가 안 계셔서 너무 서러웠다는 거다. 그래서 자신은 딸들을 끝까지 잘 돌봐주겠다고 맘속으로 맹세했는데, 인생이 왜 이렇게 맘먹은 대로 안 되냐고 한탄했다. 내가 딸이 학교 다닐 때 공부를 잘해서 다른 엄마들의 부러움을 너무 많이 받아서 그렇다고 생각하라고 했더니 픽 웃는다.

요즘 형편상 맞벌이하는 딸이 아이를 낳으면 부모 세대가 같이 키워주지 않으면 안 될 지경이다. 젊은 여자들이 이기적이라 애를 안 낳는 게 아니라 엄마의 엄마들까지 하나 이상은 안 낳아도 된다고 말한다. 이러니 출생률이 올라갈 리가 없다. 맞벌이를 안 하면 다락같이(매우 비싸게)

올라 있는 집을 살 형편은 고사하고 평범한 수준의 생활도 못 할 형편이니 맞벌이를 안 하고 살 도리도 없다. 이런 풍조이다보니 딸을 잘 키워서 커리어우먼으로 만들어놓으면 결혼을 시키고도 친정엄마가 끝까지 A/S를 해야 하는 실정이다. 요즘 엄마들은 딸이 결혼 안 하겠다고 해도 별로 놀라지도 않고 네 맘대로 해라, 라고 한단다.

한편 60대쯤 되어 보이는 어떤 엄마는 자기는 남편에게 음식물쓰레기는 절대 버리지 못하게 하고 자기가 직접 한다며, 그런 말을 하는 자신이 아주 현모양처 같아 자랑스럽다는 표정을 짓는다. 자기는 딸과 며느리에게도 음식물쓰레기는 남자들에게 맡기지 말라고 했다는 거다. 내가 그러면 음식물쓰레기 버리는 것은 지저분하고 천한 일이라 귀한 남자들이 하면 안 된다고 생각하느냐고 물었더니 조금 망설이다가 그렇다고 대답했다. 이러니 지금은 모든 가치가 혼재되어 있고 오히려 여자들이 더 살기 어려워져가고 있는 것 같다.

그 외에도 어제 TV에서 본 트로트 가수 누구가 노래를 잘한다는 것, 방영되고 있는 드라마의 전망, 연예인에 대한 가십, 골프 이야기, 정치인에 대한 평가는 기본이고, 세상의 모든 화제가 총망라된다. 이게 다 벌거벗은 상태로 사우나에서 땀을 내면서 나누는 대화이다.

며칠 전에는 한 할머니가 자신의 손녀(어릴 때부터 목욕탕에 데리고 다녀서 다른 사람들도 잘 알고 있는 아이였다)가 서울대에 합격했다고 안면 있는 사람들 모두에게 음료수를 돌리고 축하를 받았다. 목욕의 마지막 코스로 어떤 사람들은 얼굴에다 팩을 하는데, 오이, 들깻가루, 우유, 요구르트, 녹차 가루, 레몬 등등 종류도 다양하다. 그러고 보면 여자들이 자신의 피부에 얼마나 정성을 들이는지, 전국 목욕탕에서 흘러나가는 물에 먹어도 좋을 음식물 성분으로 범벅된 오수가 얼마나 될지 심히 우려스럽다.

언제부턴가 여학생들이 앞머리에 굵은 헤어롤을 말고 길거리에 돌아다니더니(처음엔 경악했지만 이젠 익숙하다), 목욕하고 나온 여자들이 머리를 말리고 얼굴에 마스크팩을 붙인 채로 마스크와 선글라스를 쓰고 그대로 밖으로 나가는 것이다. 그러고 나가냐고 물었더니 자가용을 타고 가기 때문에 괜찮다고 대답했다. 주로 젊은 여자들이 그러는데, 이게 시대적 영향인지 내가 알지 못하는 사람에겐 어떤 모습을 보여도 상관없다는 배짱인지 헤어롤과 같은 맥락에서 참으로 이해되지 않는 부분이다.

며칠 전 다른 시의 목욕탕에서 전기 쇼크로 인명 사고가 났다는 뉴스가 나오더니, 우리 동네 목욕탕 온탕의 초음파 파동기도 멈춰버렸다. 주인 입장에서는 아무래도 염려스러웠겠지. 병원에 가서 물리치료하는 대신 온탕에 오던 사람들은 이해는 하면서도 불만이다. 물을 철철 흘려보내며 양치질하는 사람에게 눈총을 주고, 머리를 감지 않고 온탕에 들어 앉아 있는 사람에게 지적을 했다가 입씨름이 나기도 하고, 찬물이 자기에게 튄다고 짜증을 내기도 하며 항상 다 좋은 일만 있는 것은 아니지만, 나같이 시간이 넉넉하고 딱히 할 일 없는 노인네는 목욕탕에 가서 씻고 약간의 운동도 하고 사람들과 세상 돌아가는 이야기도 하고 목욕을 마치고 나오면 개운해진다.

목욕탕은 나에게 일종의 노인정이며 두세 시간 동안 핸드폰이나 다른 매체에서 완전히 벗어나 있게 해준다. 요즘 같은 세상에서 꼭 필요한 시간이다. 혼자 시간을 많이 보내는 사람으로서 다른 사람과 말을 주고받고 사람들 안에서 사는 이 시간이 내겐 소중하다. 다양한 세대를 관찰할 기회를 준다. 무엇보다 건강에 좋다.

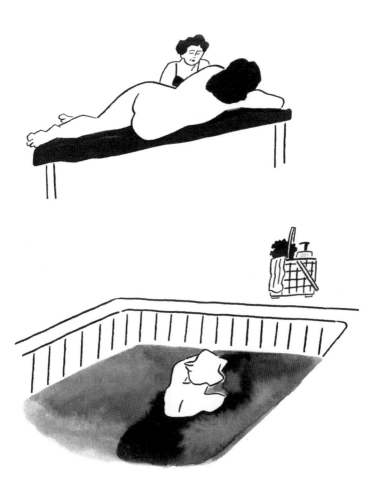

자세를 꼿꼿하게 걷는다

아이를 둘이나 낳고도 모유를 일 년씩 먹여서 그런지 요즘 사람들과는 다르게 아무런 노력도 안 했는데 몸무게가 도로 내려가서 다시 말라깽이가 돼버렸다. 그 무렵의 사람들은 지금처럼 다이어트나 몸무게에 관심도 많지 않아서 체중계가 집집마다 있었던 것도 아니고 대중목욕탕에 가서 한 번씩 달아보는 정도였다. 그럭저럭 세월이 가고 그나마 살이 약간 붙었을 때가 45살 때로 45킬로였던 기억이 있다. 48살 때 수영을 일 년 정도 하다가 그만두고 나니까 48킬로가 되었다. (그러니 운동 조금 하다가 오래 쉬면 도로 살이 찐다. 계속할 생각이 아니라면 운동을 아예 시작하지 않는 게 더 낫다.)

그때까지도 나는 스스로 살이 안 찌는 체질이라고 굳게 믿고 있었다. 항상 뱃살이 너무 홀쭉하고 뱃가죽이라고 할 게 없어 허리에 쫀쫀한 내의라도 입으면 소화가 잘 안 돼서 어떤 때는 새 내의의 고무줄을 가위로 조금 잘라서 입고 다니기도 했다. 문제는 배에 힘이 없어서 어쩐지 좀 구부정한 자세로 다니게 되고, 그 자세가 편했다. 친정어머니는 내게 허리 펴고 자세를 바르게 하라고 잔소리를 했는데, 아무래도 그런 말은 자식에게 관심 있는 엄마라야 할 수 있는 말일 게다. 내 등이 좀 굽어 보인다는 말씀이었다. 그런데 자세라는 게 신경써서 곧게 하고 있지 않으면 금방 평소에 편한 자세로 돌아가게 된다.

그 무렵 일본 작가 와타나베 쇼가 쓴 『니시건강법』이라는 책을 읽었다. 평상에서 반듯하게 자고 목침을 베는 방법에 대한 설명이 나와 있었다. 나는 일단 그냥 맨 방바닥에 반듯이 누워 있는 연습을 해보았는데, 이게 생각보다 쉽지 않았다. 오 분도 반듯이 있지 못하고 어딘가 불편한 생각이 들어서 다른 자세를 취하게 되는 것이다. (나중에 알고 보니 2, 3번 디스크가 조금 늘어난 것 같다고 했다.) 그러나 포기하지 않고 그다음 날은 육 분, 또 그다음 날은 칠

분 이렇게 반듯하게 누워 있는 연습을 이어나갔다. 반원형의 오동나무 베개를 구해서 시도해보았는데, 첫날 멋모르고 좀 길게 베고 있었다가 뒷덜미 쪽에 담이 붙어서 고개를 움찔달싹도 못 하는 사태가 발생했다. 한의원에 가서 침을 맞고 난리를 피운 후에야 겨우 나았다. 그 이후엔 겁이 나서 다시 시도하지 못하고 잠시 목을 풀어줄 때만 이용한다.

다시 몸무게로 돌아가서 49살에 49킬로가 되고 50살에 50킬로, 한 살씩 먹을 때마다 1킬로씩 몸무게가 늘어나는데도 54살이 될 때까지 나는 아무 생각이 없었다. 다른 사람들이 그 나이에 그 정도의 몸무게는 적당하다고 말해주었기 때문이다. 그때까지 내가 그전에 비해서 더 먹은 것도 없고 지금 먹고 있는 양이 그렇게 많지도 않다고 나에게 앙탈을 부렸다. 그러나 생리가 완전히 끝나고 55살이 됐을 때 55킬로가 되었는데 이때부터 정신이 번쩍 들었다. 생리가 끝나가는 시기에는 호르몬의 불균형이 오고 그 때문에 살이 늘어나는데, 이 살들이 주로 중부지방에 가서 포진하는 게 아닌가. 성인이 되고 난 이후의 평균 몸무게보다 10킬로가 더 늘어났으니, 졸지에 ET 체형 또는 D라인을 형성하게 된 것이다.

한번 뱃살이 구성되면 절대로 뱃살만 빠지는 법은 없다. 이렇게 되니 좀 단단한 내의를 입어도 신경이 덜 쓰였고, 방바닥에 반듯하게 누워 있는 연습을 오래한 결과로 나는 점차 등이 반듯한 자세의 사람이 되어갔다(나는 지금도 좀 딱딱한 침대를 사용한다). 그러니까 약간의 뱃살은 나이든 사람에게 필요한지도 모르겠다. 하지만 이 이상 더 몸무게가 늘어나는 걸 방치했다면 나는 지금 76살이니 76킬로가 됐을 것이다. 그렇지만 나는 55살 때의 55킬로를 계속 유지하고 있다.

나이가 들면 기초대사량이 떨어지므로 활동량을 더 늘리지 않는다면 먹는 양을 줄여야 한다는 이치를 수긍할 수밖에 없었다. 이후부터 체중계를 마련해놓고 아침저녁으로 몸무게를 재보고는 저녁밥 양을 조금씩 줄여서 겨우 55킬로를 유지해왔는데, 예전에는 저녁에 잠들기 전에 몸무게를 잰 것보다 아침에 일어나서 재보면 1킬로가 확실히 빠져 있었다. 이것은 그냥 숨쉬고 잠만 자는 생명 활동만으로도 1킬로 정도의 몸무게가 빠진다는 뜻이다.

60대 후반 정도 되니까 이런 대사 활동에 문제가 생기는 것 같았다. 다른 활동을 안 해도 1킬로 정도는 빠져야 몸무게에 항상성이 있을 텐데, 어떨 땐 겨우 200, 300그램 빠져 있거나 전날과 거의 같은 수치를 보인다. 그렇다면 다음날의 식사를 하면 당연히 몸무게가 더 올라갈 수밖에 없는 것이다. 이때부터 55킬로에서 2, 3킬로를 초과해서 하루에도 거의 2킬로의 몸무게가 왔다갔다했다. 이 살들이 다 복부비만에 지대한 영향을 미치니 이건 좀 아닌 것 같았다.

76살인 올봄에 '채소과일식'에 대한 책을 읽고서(나는 뭐든지 책으로 배우는 사람이다) 탄수화물을 줄이고 확실하게 3킬로를 빼버렸다. 그후 55킬로 이하의 몸무게를 유지한다. 나는 50대 초반부터 헬스장이 있는 목욕탕을 다녔다. 이게 헬스를 하고 목욕을 하려면 최소 세 시간은 넉넉하게 있어야 가능한 일이라, 시간이 촉박하면 목욕탕만 이용한다. 생각해보면 운동은 고통이고 목욕은 일종의 쾌락이었다. 온탕이나 사우나에서 몸을 데우고 찬물탕에 들어가는 시원함을 어디다 비하겠는가. 이후에 이곳의 헬스장이 폐쇄됐는데도 나는 목욕탕을 계속 다녔다. 기초대사량이 떨어지는 시기에는 목욕탕을 이용하는 게 확실히 도움이 된다고 본다.

가끔씩 의사들이 TV에 나와서 사우나를 오래하고 매일 목욕탕에 가서 땀을 빼는 것은 안 좋다는 말씀들을 하시던데, 그러거나 말거나 의사 양반이 언제 시간이 나서 직접 그렇게 해봤겠어? 내가 해보니까 매일 목욕탕에 가서 땀도 빼고, 사람이 없으면 찬물탕에서 잠시 수영도 하고 약간의 운동도 하는 건 확실히 건강에 도움이 된다고 나는 믿는다. 임신에서 출산, 독박육아를 거치면서 안 그래도 비실비실했던 내 체력은 이때 아주 저조해져서(요즘 말하는 저질체력) 애 둘을 키우고 나니 진기가 다 빠졌는지 툭하면 편두통에 시달렸다. 진통제를 달고 살다보니 살찔 여유조차 없었던 모양이고, 40대에도 아이들 도시락 싸서 학교 보내는 것도 버거울 지경이었다. 내가 체력을 그나마 회복한 것은 50대 때부터였다. 운동에 신경쓰고 목욕을 매일 하면서 차츰차츰 체력이 나아졌다. 나는 지금 40대 때의 체력보다 70대의 체력이 더 강해진 걸 느낀다. 길을 걸을 때는 자세를 꼿꼿하게 하고 걸으려 한다. 최대한 꼿꼿한 자세를 하려고 노력한다.

딸내미가 수년 전에 발레를 보러 가서 공연장 앞에서

친구를 기다리고 있었다. 저쪽에서 정장을 입고 하이힐을 신은 한 여성이 독일 병정 같은 자세로 씩씩하게 걸어오고 있는 모습이 멋져 보이고 호기심이 생겨 유심히 보고 있었는데, 가까이 다가오고 보니까 큰이모였더라는 거다. 큰이모는 발레 전공자로 그때 대학 무용과 교수였는데, 자주 병치레를 하는 편이다. 어느 의사가 말하기를 자세를 항상 긴장 상태로 오래 유지하다보니까 기혈 순환이 원활하지 못해서 그렇다고 했단다. 그러니 지나치게 유난을 떨 필요는 없겠다. 다만 우리는 자세에 신경쓰지 않으면 그냥 편한 자세로 돌아가고 싶어지니까 마음속에서 한 번씩 '자세를 꼿꼿하게 한다'라는 주문을 외워두는 게 좋다. 나이는 얼굴의 주름이 아니라 자세에서 드러난다.

길을 지나다니면서 보면 할아버지들은 뚱뚱한 사람들이 드문 편이다. 그런데 목욕탕에 온 할머니들은 배가 너무 많이 나와서 보기에 좀 답답하다. 다리와 팔은 보통인데, 복부가 숨쉬기도 어려워 보이는 분들이 많다. 이것은 아무래도 호르몬과 관련이 있어 보인다. 살이 찌면 무릎이나 허리가 아픈 경우가 많고 관절염 약을 먹으면 살이 더 빨리 찐다. 게다가 나이가 많아지면서 체질이 바뀌어 알레르기라도 발생하면 피부과 약을 먹게 되고, 이 피부과 약이 또 비만을 불러온다. 악순환의 반복이다. 나이가 70대 중반을 넘으면 대부분의 남자들은 살이 찌고 싶어도 잘 안 찌고, 물론 할머니도 살이 찌고 싶은데도 안 찌는 경우가 있어서 너무 왜소하게 보이는 사람도 있다. 그러나 대부분의 여자들은 신경을 안 쓰면 살이 찐다. 조물주가 생애주기를 잘못 짰다고 불평해봐야 소용없고 적게 먹든지 더 많이 움직이는 수밖에 없는 것 같다.

50대 초반, 집 근처에 공동체육관이 생겨서 생활참선 수업을 들으러 갔다. 체조 비슷한 동작을 삼십 분쯤 하고 가부좌를 틀고 단전호흡을 했다. 문제는 참선 선생님(남자)이 수업 시작하기 전에 훈화 말씀을 삼 분 내지 오 분 정도 하는데, 교장 선생의 훈시가 그렇듯 듣기 싫기는 마찬가지였다. 내가 숲속에 은거하는 도사님을 찾아간 것도 아닌데, 본인을 스승이라 칭하며 나보다 나이도 어린데 한 급위의 인간이라도 된 것 같은 태도랄까? 요점은 이 시간은 수련을 하는 것이고, 자신을 수련하려면 모든 일의 최우선

에 수련 시간을 염두에 두고, 수련하러 올 때는 오 분 정도
는 일찍 와야 하며, 지각하는 것은 자세가 안 되어 있는 사
람이고, 운동이라는 것은 최소한 10년은 해봐야 이제 운
동을 조금 했다고 할 수 있고, 기타 등등…… 한 2년 정도
이 수업을 들었는데, 그때는 이 잔소리가 정말 듣기 싫었
다. 그런데 어떻게 하다보니 이 잔소리들이 내 내면에 자리
를 잡은 모양이다.

우리 아파트의 문화센터에 요가 강좌가 생겼길래 요가
로 갈아탔다. 정말 운이 좋아서 장소도 가깝고 수업료도
싸고 시간대도 좋다보니 별 노력을 안 했는데도 10년이 훌
쩍 넘게 다녔고, 나는 어느새 요가 숙련자라고 불리게 되
었다. 그렇다고 실제로 숙련자가 된 것은 아니었다. 요가는
젊었을 때부터 하면 확실히 유연성에서 더 유리하기 때문
에 몇 년 안 해도 잘할 수 있다. 나는 50대에 시작했기 때
문에 지금도 잘 안 되는 동작은 안 된다. 그리고 항상 선생
님의 말을 귓등으로 듣고 내가 할 수 있는 자세까지만 하
는 스타일(최선을 다하지 않는다)이었기 때문에 그렇게 오
래 하고도 실제로 어떤 게 정확한 자세인지도 모르는 게
많았다.

그런데 코로나 시대가 도래하고 요가 강좌가 폐쇄되었다. 하지만 나는 어떻게든 요가를 계속해야만 할 것 같았다. 이때부터 좀 비싼 사설 요가 학원에도 다녔다가 집 근처의 요가원으로 옮겼는데, 여기는 필라테스, 줌바, 플라잉 요가 등 내가 따라가기가 벅찬 수업이 같이 들어 있어서 요새는 다시 공동체육관으로 일주일에 세 번 요가를 하러 간다.

수업 강도는 느슨하다. 어쨌든 내가 활동할 수 있을 때까지는 요가를 계속할 생각이다. 가끔씩 결석할 때도 있지만 요가를 갈 때는 반드시 오 분 전에는 도착하고 휴대폰은 소지하지 않는다. 그럭저럭 요가를 시작한 지 23년이 되었다. 여러 강사를 거쳤지만 이번 강사는 유난히 동작을 할 때마다 배꼽을 등 쪽으로 꼬옥~ 붙이고 괄약근도 꼬옥~ 조이라는 걸 너무나 강조한다. 무심코 길을 걷다가도 갑자기 어디선가 배꼽을 등 쪽으로 꼭 붙이고 괄약근을 꼭 조이라는 소리가 들리는 것 같아 자세를 바로 하고 허리를 꼿꼿이 펴고 걷게 된다.

Those were the days

최근에 메리 홉킨스가 부른 〈Those were the days〉라
는 노래를 들으니, 그 애잔하고 깨끗한 음색 때문인지 노래
를 같이 따라 부르며 그래, 나에게도 그런 날들이 있었지
하고 생각했다. 물론 이 노래의 가사 내용과는 다르지만,
그때는 그랬지만 지금은 달라진 현실을 살아가고 있다는
점에서는 같은 의미일 것이다.

꽃밭과 꽃다발

———

우리가 어릴 적에는 대부분의 집이 단독주택 형태였다.

그래서 작든 크든 마당이 있고, 집집마다 규모가 좀 다르기는 했지만 꽃밭이 있어서 봄부터 가을까지는 항상 꽃이 피어 있었다. 집에 심는 꽃도 유행이 있었는지 그 시대에는 꽃밭 가장자리에는 채송화나 분꽃 봉숭아 샐비어 백일홍 맨드라미 소국 신경초 기타 등등이 심겨 있었고, 가운데는 장미 모란 달리아 칸나 접시꽃 등 키가 다소 높은 꽃들이 있었다. 꽃밭의 좀더 안쪽에는 남새밭을 만들어 토마토 가지 상추 파 정구지(부추) 등을 심었는데, 어릴 때는 어쩐지 밭을 만들어둔 부분이 보기 싫었다.

이웃끼리 서로 꽃모종을 주고받아서 키웠기 때문에 요즘처럼 돈을 주고 꽃을 사는 개념도 없었다. 봄부터 가을까지 항상 꽃밭에 꽃이 있고, 그러다보니 굳이 꽃을 꺾어 방에다 장식한다는 개념도 없었다. 왜 멀쩡한 꽃을 꺾어 며칠 못 살게 할 거냐 싶은 생각도 가지고 있었다.

장마가 곧 닥친다는 뉴스가 나오면 어머니는 꽃밭의 아까운 예쁜 장미꽃들을 잘라 우리가 학교 가는 길에 들려 보냈다. 그때는 신문지에다 둘둘 말아서 들고 갔는데, 교실에 비치해둔 꽃병에 꽂아 교탁에 두면 내 기분이 우쭐해졌다. 물론 언니와 동생네 교실에도 우리집 장미가 꽂혀 있을 것이다. 환경미화 심사날에는 항상 내가 꽃을 가지고 가는 것으로 되어 있었다. 가을에는 서리가 올 때까지 국화가 만발했다. 요즘처럼 얼굴이 큰 꽃이 아니라 소국이나 그보다 크기가 조금 더 큰 종류의 꽃이 무리 지어 필 수 있게 가꾸었다. 어머니는 유난히 꽃을 좋아하고 화단 꾸미기를 즐기셔서 우리집은 항상 꽃으로 가득했다. 집 자체는 그리 웅장하진 않으나, 우리집에 오는 사람마다 집이 좋다고 말했다.

일년생 식물은 꽃이 지고 나면 꽃씨를 받아두었다가 다음해 봄에 다시 뿌려서 싹을 틔우고, 일부는 동네의 다른 집에 나눠주었다. 지금 생각해봐도 신기하다. 아무리 누추하고 볼품없는 집이라도 어느 집에나 꽃밭이 있었다. 꽃 심을 밭이 없는 작은 집도 깨어진 사구(옹기로 된 일종의 개수통)나 못 쓰게 된 양동이에라도 흙을 퍼담아서 꽃을 심었는데, 그걸 담장가에 쭉 둘러 세워두곤 했다.

"손 대면 톡 하고 터질 것만 같은" 봉숭아 씨앗을 실제로 본 사람은 젊은 사람 중에는 많지 않을 것이다. 예전에는 여름이면 손톱에 꽃물을 들인다고 집집마다 다 봉숭아꽃이 있었다. 실제로 봉숭아꽃이 지고 열매가 잘 여물면 그

씨앗주머니에 손만 대도 까만 씨앗이 터져나왔다.

장독대 부근에는 잎이 넓적하고 줄기가 자주색이고 열매를 터뜨리면 진한 남색물이 손에 묻어나는 장록(자리공)이라는 키 큰 식물을 심어두었는데, 요즘은 어디에서도 찾아볼 수가 없다. 아마도 장독간의 특수성 때문에 벌레 따위가 모여들지 않도록 방비해두기 위해 심지 않았나 싶다. 뒤란으로 가면 구기자 넝쿨과 꽈리가 빨갛게 자라 있어 우리는 꽈리 속을 바늘 같은 것으로 살살 파내고 그걸 꽉꽉 불며 놀았다. 그 외에도 담장가로는 감나무 석류나무 앵두나무 대추나무 들이 심겨 있었다.

어린 날의 우리집은 집안에만 있어도 즐거운 놀이터와 먹거리들을 제공해주고, 한편으로 비밀스러운 놀이를 할 수도 있는 최상의 환경이었다. 그때는 국민학교를 졸업할 때 "빛나는 졸업장을 타신 언니께 꽃다발을 한아름 선사합니다"라는 노래를 불렀는데, 정작 꽃다발을 받은 기억은 없다. 요즘 세대들은 거의 아파트에서 생활하고, 또 영화나 서양 문화의 세례에 기반한 인식이 그들의 정서적 토양이 돼서 꽃을 주고받는다는 의미가 다를 것 같기도 하지만, 우리 세대에게 꽃이란 집 정원에서 기르는 것이고 이유

없이 꽃을 꺾어서 화병에다 꽂는 것은 어쩐지 저항감이 가는 일이었다. 정말 특별한 일이 아니라면 꽃을 주고받는 일은 거의 하지 않았다. 나도 가끔씩 꽃 선물을 받으면 볼 때는 좋지만 시들고 나서 그걸 치우려면 쓰레기봉투도 찢어지고 보통 성가신 게 아니어서 처치 곤란이라고 생각했다. 그런데 사람의 정서도 세월 따라 변하는지, 아니면 아파트에서만 살아서 그런지 요즘은 축하할 일이 있으면 당연히 꽃다발을 주고받는다.

장작 들여오던 날

———

어린 날을 생각하면 10살 전후의 기억들이 많이 떠오른다. 그러니까 1958년 이쪽저쪽의 일이다. 그때는 아직 연탄이 제대로 보편화되지 않았기 때문에 장작을 때서 밥을 하고 군불도 지피던 시절이었다. 아버지의 진두지휘로 이 장작을 지리산 인근의 먼 산판에서 '지에무씨'라는 큰 도락꾸(트럭)로 실어왔다. 이것은 거의 동네 차원의 큰일이었다. 집 앞 공터에 도락꾸로 실어온 장작을 부려놓으면 이걸 집안으로 옮기는 일도 만만찮았는데, 이것이 어린 우리들에게는 축제에 가까운 일이었다. 온 동네 친구들이 다 모이고 우리는 줄을 서서 장작 나르는 일을 했다. 두 팔을 앞으로 쭉 내밀면 장작 서너 개 또는 아이의 덩치를 봐서 네다섯 개씩 올려주었고, 그걸 마당 가운데다 부려놓고는 다시 가서 또 받아오곤 했다. 일이 다 끝나면 어머니는 큰 사탕 봉투를 들고 와서 장작 나르는 일을 한 친구들에게 사탕을 한 움큼씩 나눠주었다. 친구들은 사탕을 먹으며 즐거워했다.

장작은 담장가를 둘러서 차곡차곡 쌓아놓고 대청마루 밑에도 보관했다. 대청마루 밑으로 깊숙이 들어갈 수 있는 체구에다 일을 잽싸게 할 수 있는 사람이 당시의 나였다. 일단 마루 밑에 쌓여 있는 작년 장작을 들어내는데, 방목해서 키우던 닭이 사람들 눈에 띄지 않는 곳인 마루 밑 깊숙한 곳에 알을 낳아 품고 있던 것을 발견해서 한바탕 소동이 벌어지기도 했다. 제법 많은 양의 달걀이 거기 있었다. 어머니가 이걸 삶았더니 반쯤 병아리가 되어가고 있었다는 것이다. 이걸 어찌 처분했는지는 기억에 없다. 어른이 되고 나서야 중국에서는 이런 상태의 달걀을 가지고 특별

하고 이름난 요리를 만든다는 말을 들었다. 보양식 종류인 것 같았는데 요리 이름은 기억이 나지 않는다.

세월이 좀 지나고 연탄이 보급되면서 장작 들여오는 날의 행사는 없어졌지만, 이때의 기억은 단단히 새겨져 있다. 곰곰이 생각해보면 내가 10살쯤이었을 때 아버지는 겨우 30대 후반의 나이였다. 그때는 아버지가 하시는 일이 딱히 무엇인지 몰랐지만, 아버지는 돈을 많이 벌고 큰 기와집에 땅도 백 평 정도 가졌고, 키도 엄청 크고 잘생기고 단단하고 대단한 존재라고 생각하고 있었다. 이제 돌아보니까 아버지는 그때 아직 40세도 안 된 나이였던 것이다. 그 무렵의 아버지는 도락꾸로 일 년을 사용할 땔감을 들여놓을 수 있는 대단한 능력가로, 장작을 들여놓는 날마다 상당히 뿌듯했을 것 같다. 지금 생각해봐도 우리 아버지는 참 대단한 분이었구나 싶다. 아버지는 진주에서 처음으로 냉동 창고를 지은 사업가로서 중앙시장에서 조합장으로 대단한 영향력을 가졌던 분이었다. 그 소도시 진주에서 자식 여섯을 다 대학을 보냈으니 맨주먹으로 일어선 자수성가의 아이콘이었다.

우물 치는 날

———

대문을 열고 들어오면 바로 앞 가까운 곳에 우물이 있었다. 우물 주변에는 큰 돌을 편평하게 놓고 그 돌을 파내어 돌확이라는 걸 만들어두었는데, 우리는 이걸 호박샘이라 불렀다. 호박샘은 요새로 치자면 믹서기 역할을 했는데, 뭔가를 으깰 때나 아니면 작은 절구 용도로 사용했다. 그 옆에는 맷돌이 있었는데, 이 세 가지는 우리집에 있는 것이지만 동네 사람 누구나 사용할 수 있는 물건이었다.

그 당시는 우물물을 길어다 식수나 물이 필요한 모든 용처에 사용했기 때문에 동네에서 우리집은 우물집이라 불렸고, 동네 사람 누구라도 우물을 길어가는 것은 당연한 일이었다. 그때 어른들은 '물왕대복'이라는 말을 자주 썼다. 지금도 정확한 뜻은 모르지만 물 인심이 좋아야 큰 복을 받는다 정도로 이해했다. 그러나 이런 일에도 법도가 있으므로 해 지고 난 뒤에는 우물물을 길러 오지 않았고, 아침에 아버지가 나가시면서 대문을 활짝 열어두어야만 우물물을 길러 올 수 있었다. 그러니 대문은 항상 열려 있었다. 그때는 우리집 아니라도 대문을 걸어잠그고 사는 집은 없었다. 친구들 집도 아무때나 드나들 수 있었다.

일 년에 한 번씩 우물을 치는 날이 있는데, 우물 치는 날이 정해지면 집집마다 이틀 정도 사용할 물은 미리 확보해두어야 했다. 아침 일찍 우물 위에 삼각형의 긴 나무틀이 세워지고 도르래가 걸렸다. 이런 일도 전문가들이 하기 때문에 그 도르래에다 큰 두레박(플라스틱이 없던 시절이라 나무를 촘촘히 잇고 테를 메운 통인데 이것 자체가 무거웠다)을 양쪽으로 매달고 번갈아가며 우물을 다 퍼내는데 반나절도 넘게 걸렸다. 다 퍼내고 나면 사람이 직접 도르래의 두레박을 타고 우물 속으로 내려가서 청소를 하고, 혹시 물이끼나 이물질이 있나 점검한 후 깔려 있는 돌들을 깨끗이 씻어서 다시 물을 퍼내기를 몇 번씩 한다. 물이 솟아오르는 곳을 정비하고 돌을 단단히 다시 깔고 사람이 올라오면 우물 위에 뚜껑을 덮고 흰색 천을 두른다. 그때는 이미 저녁 무렵이 되는데, 우물 앞에 작은 상을 차려 몇 가지 음식을 올리고 막걸리도 놓으면 우리집 우물을 이용하는 사람들이 모두 와서 제사를 지냈다. 일한 사람들을 위해서 제사상에다 돈을 올렸던 것 같기도 하다.

어릴 때 본 이런 광경은 이 세상이 뭔가 신비로움으로

가득차 있다는 생각을 하게 했다. 그러고 나면 밤새도록 물이 차츰 고여들었고, 뒷날 우물물이 적정 수위까지 올라오면 다시 물을 길어올리기 위해서 두레박을 내렸다.

널뛰기

———

대문 바로 앞에는 너른 공터가 있었다. 아버지는 그곳에다 공사를 해서 우리가 널뛰기를 할 수 있도록 했다. 그때는 아무 생각 없이 아버지가 사오신 커다란 널을 뛰며 재미있게 놀았지만, 지금 생각해보면 그것은 아주 대단한 일이었다. 요즘으로 치면 아버지가 어린이 놀이터를 만들었다고 보면 된다. 널뛰기 구덩이를 양쪽에 파고, 가운데에는 제법 비스듬한 경사가 지는 흙무덤 같은 것을 단단하게 다져서 만들고, 가마때기 같은 걸로 덮어서 위에다 널판을 얹었는데, 이 널이 보통 판자가 아니라 두께가 상당했다. 목재는 낭창낭창한 재질로 된 좋은 나무라야만 널뛰기 나무로 적당했고, 이게 또 길이가 대단한 거라 아마도 돈이 상당히 들어갔겠다 싶다. 지금도 양쪽에서 두 사람이

서서 뛰어도 좋을 정도의 자연목을 구할라치면 가격이 대단할 터이다. 학교 갔다 오면 동네 친구들이 모여서 널을 뛰며 놀았다. 지금의 시각으로 보면 이게 균형 잡기와 다리 근육 운동과 여러 면에서 우리들의 건강에 도움이 되어주었구나 싶다. 우리뿐만 아니라 동네 어른들도 와서 즐겼다. 누가 더 높이 뛰는지 누가 더 오래 널을 뛰는지 내기도 해서 집 앞은 항상 즐거움으로 시끌벅적했다.

세월이 지나고 아무도 널을 뛰지 않게 되었을 때 아버지는 대문을 허물고, 그곳에 새 이층 양옥집을 지어서 이사를 했다. 아버지가 그 집에서 70세 무렵에 돌아가시고, 어머니는 84세가 될 때까지 지내시다가 자식들이 많은 서울로 옮기셨는데, 우리가 새집이라고 인식하던 그 집도 거의 50년 구옥이 되어갔던 것이다.

그런 날들이 있었다, 노래 가사처럼 지나간 좋았던 날들. 다시는 돌아오지 않을 날들이지만, 그런 날들이 있어 지금의 내가 있다.

나의 플레이리스트

헬스장에 갈 때 휴대폰과 들고 다니기 좋은 작은 책자를 챙겨 간다. 헬스장에서 틀어주는 음악은 요즘 애들 취향에 맞게 세팅돼 있으므로 나의 정서에는 안 맞아서 따로 모아둔 곡들을 듣는다. 귀에다 유선 이어폰을 꽂고 안경을 쓰고, 내 귀가 참 고생이 많다. 블루투스 무선 이어폰은 자칫하면 띠리리링~ 하며 한쪽이 꺼지거나 귓속에 땀이 나서 뺐다가 다시 끼우면 먹통이 되고 만다. 딸내미가 중학교 1학년인 지 조카에게는 32만 원이나 하는 정품 무선 이어폰을 사주고 나에게는 5만 원짜리 무명 브랜드 이어폰을 사줬기 때문이다(괘씸!).

요즘 영화 〈엔니오: 더 마에스트로〉에 빠져 있기 때문에 엔니오의 영화음악 모음곡을 들으며 키케로가 쓴 『노老카토 노년론』(김남우 옮김, 아카넷)을 읽으면서 자전거를 탔다. 처음엔 몸풀기로 십오 분만 타려고 했는데 책을 읽다보니 삼십 분을 내처 타버렸다.

"죽음에 가까이 다가갈수록 나는 육지를 바라보며, 오랜 항해 끝에 마침내 항구에 들어가는구나 생각한다네. 하지만 노년의 마지막날이 정해진 바가 없는 고로, 의무의 과업을 돌보고 수행하며, 그러면서도 죽음을 가볍게 여겨 두려워하지 않을 수 있을 때까지 삶을 이어가는 것이 노년의 올바른 삶이네. 그렇게 노년이 청년보다 더 대담하고 용감해지는 것이지"라든지 "누구도 나를 눈물로 배웅하거나 장례식을 통곡으로 채우지 말라" 또는 "이 세상의 소란과 홍진을 떨쳐버리게 되는 날은 얼마나 아름다운 날인가!"처럼 기원전 106년에 태어나 기원전 43년에 죽은 키케로의 말은 현재를 살고 있는 내 생각과 크게 다르지 않다는 걸 알게 한다.

러닝머신(좀 유식하게 트레드밀이라나)에 올라갈 때는 책을 볼 수는 없기 때문에 내가 따로 저장해둔 음악을 선별해서 듣는다. 첫 곡은 옛날 대학생 시절에 이종환이 진행하던 라디오 프로그램 〈별이 빛나는 밤에〉에서 주로 들을 수 있었던 김훈과 트리퍼스의 〈옛님〉이다. 처음엔 노래 제목이 생각이 안 나서 "그 님이 날 찾아오거든 아아아아~"로 시작하는 가사가 떠올라 내가 '그 님이'로 아무리 검색을 해도 찾을 수가 없었는데, 어찌어찌 찾아내었다.

나는 1960년대 말과 1970년대 초에 대학을 다녔으니 그때는 좋아하는 음악이라고 당장 레코드를 사서 들을 수 있는 형편이 안 되었다. 작은 트랜지스터 라디오에 그보다 더 큰 배터리를 고무줄로 칭칭 묶어서 듣는 게 고작이었다. 그래서 어쩌다 라디오에서 이 음악이 나오면 거의 행복한 지경이 되는 것이었다.

다음은 장현의 〈미련〉이 들어 있다. 러닝머신하고는 안 어울리지만, 처녀 시절에 이 곡을 아주 좋아했던 친구 정숙이에게 보내주느라고 들어 있다. 재작년이었나, 〈남매의 여름밤〉이라는 독립영화를 보는데 도입부부터 이 음악이 나왔다. 문득 그 시절 생각이 나서 정숙이에게 보내줬더니 "옥선아, 나 이거 불 끄고 세 번 연속 들었어" 한다. 그랬으

면 땡큐지. 정숙이와는 일종의 소개팅 비슷하게 더블데이
트를 한 적이 있기 때문에, 우리에겐 공유하고 있는 추억
이 있다. 음악을 들은 정숙이의 소회가 무슨 말인지 알 것
같았다.

밀바가 부른 〈눈물 속에 피는 꽃〉이 있고, 이 곡도 같이
산에 다니는 다른 정숙이에게 보내준 곡이다. 다음은 영화
〈카사블랑카〉에 나온 〈As time goes by〉가 있다. 이 곡은
소해에게 보냈다. 몇 년 전 한국 시조대상을 받은 소해가
이번에 우리의 동인지에 '카사블랑카'라는 제목으로 시를
썼는데, 맨 마지막 연이 "여백을 가득 채우는 '당신 눈동자
에 건배를'"이었기 때문이다.

진주에는 해마다 열리는 개천예술제가 있다. 예전에는
거의 모든 학생들이 어느 종목이든지 한 종류의 경연대회
에 나갈 준비를 했다. 나는 국민학교 4학년 때부터 항상
합창단에 들어 있었고, 그것은 중학교와 고등학교 때까지
이어졌다. 이후에 성당을 다니면서도 성가대 활동을 했고,
크리스마스나 부활절에는 〈키리에〉 〈아뉴스 데이〉 〈미세레
레〉 등 제법 묵직한 곡들도 불렀다. 나이가 좀더 들었을 때

는 졸업한 고등학교의 동창 합창단의 일원으로 몇 년을 활동했다. 그러니 내가 합창을 할 만한 곡은 거의 다 불러봤다고 해도 무방할 것이다.

사실 내가 합창으로 꼭 불러보고 싶었던 곡이 있다. 오페라 〈나부코〉에 나오는 〈히브리 노예들의 합창〉이다. 이곡은 한창 연습하던 도중에 그만두었다. 합창단을 같이 다니던 친구의 시어머니가 영 건강 상태가 안 좋아져서 합창 연습을 못 하겠다(시어머니가 돌아가실지도 모르는데 노래를 부르고 있기에는 좀 곤란하지 않은가) 하여 나 혼자 다니게 되었는데, 얼마간은 좀 다녔지만 어쩐지 혼자 다니기가 뻘쭘한 느낌이라 핑계 김에 나도 같이 그만두어버렸다. 마지막 합창을 〈히브리 노예들의 합창〉으로 끝낼 수도 있었는데 그냥 흐지부지되고 말았다. (그런데 그 친구의 남편은 돌아가시고 시어머니는 아직 살아 계신다. 곧 102세라는데 인생 참 알 수 없는 노릇이다.) 처음 이 노래를 시작할 때 지휘자 선생님이 이 곡을 작곡한 베르디가 죽고 장례를 치를 때 이탈리아의 성악가 천여 명이 검은 상복을 입고 〈히브리 노예들의 합창〉을 불렀다는 이야기를 해주었는데, 상상해보니 거의 소름이 돋는 것 같았다. 아쉬운 마음을 담아 이 곡도 리스트에 들어 있다. 그리고 한동안 가수 헨리에게 꽂혀 있었기 때문에 헨리가 바이올린으로 연주한 곡 〈차르다시〉와 스페인 국민가수라 할 몽세라 카바예의 〈March with me〉를 들으면서 걷는 것은 또다른 기쁨이다.

우리 아버지는 요즘 말로 하자면 일종의 얼리 어답터였던 것 같다. 집에는 대형 전축이 있었고, 우리는 일본 가수들의 노래를 전축으로 들었다. 그때는 레코드판들이 LP판이 아닌 SP판이었다. 우리는 뜻도 몰랐지만 부모님이 자주 들었던 노래의 가사를 지금도 기억하고 있다. "나~제나쿠노 마쓰게가 누레테루" 언니와 나는 뜻 모를 가사를 다 외우고 노래도 다 따라 부를 줄 알았다. 부모님은 둘이서 우리가 들으면 곤란한 말은 일본어로 주고받으며 좀 야릇한 웃음을 짓기도 했는데, 지금 생각해보면 틀림없이 좀 야한 말을 하지 않았을까 싶다.

확실하지는 않지만 아버지는 진주가 낳은 가수 남인수 씨와 친구라고 하는 것 같았다. 술은 안 마시고(이래서 내가 멋모르고 술쟁이와 결혼해서 고생을 바가지로 했다) 노래를 좋아하시고 새로 나온 영화는 어머니와 둘이 꼭 보러

가셨다. 그때는 막내가 아직 젖먹이 때였는데, 두 분이 영화관에 가서 돌아오시기 전에 아기가 깨어서 울면 우리 자매들이 아기를 업고 엄마가 오실 곳을 바라보며 기다리던 기억이 있다.

이즈음 아버지는 우리 식구들을 다 데리고 경일 가구점 2층에 있는 경일 중화요리점에 가서 멋모르는 우리에게 탕수육과 라조기, 팔보채 같은 것도 시켜주시고, 라조기는 꿩고기로 만든다는 것도 알려주셨다. 후에 LP판이 나오자 아버지는 패티 페이지의 〈Changing partners〉란 판을 사오셨다. 그전의 SP판과는 다르게 여러 곡의 노래들이 들어 있었다. 〈I went to your wedding〉도 있었고, 우리들이 좋아할 만한 강아지 소리가 왈왈 나는 〈How much is that doggie in the window〉와 〈Mockin' bird hill〉 등은 지금도 기억에 남아 있다. 그 외에도 〈Green green grass of home〉 같은 레코드판이나 〈아기 코끼리의 걸음마〉라는 귀여운 곡도 들었다.

그러다가 언제부턴가 두 분이 춤바람이 나는 바람에 음악들이 바뀌었다. 〈라 콤파르시타〉나 〈카프리〉 같은 경음악들과 지루박 탱고 왈츠 차차차 등의 음악으로 바뀌고 두

분은 나란히 남강 카바레에 진출하셨다. 아버지는 그 당시
로서는 키다리라고 할 만큼 키가 180센티를 넘었고 어머
니는 155센티가 안 되었다. 그때는 사람의 키나 외모, 몸매
같은 것을 잘 안 따지고 여자는 품에 쏙 들어야 좋다고 말
하던 때라 별 상관은 없었지만, 아버지는 눈썹이 숯검댕이
에다 요즘 나타나셔도 미남이라 할 만했으니 이런 아버지
를 대동하고 카바레를 간 어머니를 나무라야지 어쩌겠는
가. 드디어 아버지는 다른 여자와 바람이 나버린 것이었다.
그 시절에는 좀 먹고사는 집 남자들은 대부분 첩이라는
존재를 두고 있었기 때문에 어머니는 분노를 크게 드러내
지는 않았지만, 집안 분위기는 좋지 않았다.

　그래도 세월은 흐르고, 우리들은 서울로 유학을 갔다.
그 당시에는 좀 잘사는 집 자녀들은 하숙을 하고 형편이
안 좋으면 자취를 했다. 언니와 나는 보증금 5만 원에 달세
5천 원을 내는 방을 얻어 자취를 했는데, 사과 궤짝 두 개
를 엎어서 찬장으로 썼다. 후에 언니는 부산으로 가서 교
사 생활을 하고 나는 같은 학교 한 해 후배랑 같이 생활
했다. 자취방은 학교 바로 앞에 있었기 때문에 수업을 마
치면 친구들이 우리집에 와서 다들 떠들고 쉬기도 했지만,

학교 앞 다방에 가서 음악을 듣는 것도 좋아했다.

1971년 드디어 대학교 4학년, 진로가 확실하지 않아 조금씩 불안하고 답답하기도 하고 약간 '멜랑꼬리'해져가지고 음악다방에 몰려가서 시간들을 보냈다. 그때 청아한 음색의 노래가 흘러나왔다. "생각난다 그 오솔길"로 시작하는 은희의 노래 〈꽃반지 끼고〉는 이제까지 들어보지 못한 음색으로 우리를 한순간에 노래 속으로 빠져들게 했다. 그러나 처음 듣자마자 곧 좋아진 노래는 싫증도 빨리 난다. 그 무렵 "너의 침묵에 메마른 나의 입술" 하는 양희은의 〈이루어질 수 없는 사랑〉이 나왔는데, 우리들의 심장을 쿵 가격하는 것 같았다. 이 곡은 처음 들을 때도 좋았지만 지금도 좋다. 한동안 나의 최애곡이었다.

1971년 그해는 한국 가요를 좀 하찮게 생각하고 청바지 통기타 맥주를 즐기는 세대가 나타났다며 새로운 문화 현상이라고 떠들어댔다. '쉘부르'나 '오비스캐빈' 같은 맥줏집에서 주로 외국의 번안 가요를 많이 불렀는데, 실은 이해에는 지금까지도 많은 사람들에게 기억될 만한 한국 가요사의 명곡들이 많이 나왔던 때이기도 했다. 국민가요라 할 〈아침이슬〉도 이때 나왔다.

20여 년 전부터 즐겨 들어오는 라디오 프로가 있다. KBS 클래식FM의 〈세상의 모든 음악〉이다. 이 프로는 그야말로 7080을 위한 프로 같다. 주로 클래식음악을 방송하지만 상송, 칸초네, 팝, 때로는 포르투갈의 파두까지 들려준다. 처음 듣기 시작했을 때는 김미숙씨가 진행했는데, 지금은 전기현씨가 진행한다. 저녁 6시부터 8시까지 두 시간 동안 방송하는데, 전축을 크게 틀어놓고 찬거리들을 다듬거나 조리해서 밥을 차려 먹기 좋은 시간이다.

명색이 '세상의 모든 음악'이라는 타이틀을 내건지라 때때로 아프리카 음악이나 남미, 티베트 등 하여간 제3세계의 좀 특이한 음악들도 들려준다. 솔직히 듣고 있기가 좀 괴로울 때도 있다. 우리 같은 늙은이들은 자기에게 익숙한 음악들을 좋아할 수밖에 없다. 그러니 에디트 피아프의 〈장밋빛 인생〉이나 존 레논의 〈Imagine〉, 다미타 조의 〈If you go away〉가 나오면 마음이 평화롭고 기분도 좋아진다. 그러나 언제까지나 자기가 들어왔던 곡만 듣고 내 입맛에 맞는 음악만 듣는다면 우리는 새로운 것을 접할 기회를 놓치는 것이다. 어느 음악이나 첫번째에 바로 좋아지지는 않는다. 처음에는 생소하다. 몇 번쯤 반복해서 듣고 조금씩 익숙해져야 그 좋음을 알 수 있을 것이다. 이것은 세상의 이치와 같아서 내가 새로운 문화 현상이나 신문물을 호기심을 가지고 보려는 마음을 가지는 것은, 요즘처럼 빠르게 변화하는 세상에서 촉각을 세우고 시대의 변화를 감지하는 일을 게을리하면, 순식간에 요즘 것들 쯔쯔 운운하며 시대와 불화하는 늙은이로만 존재하게 될 것이 뻔하기 때문이다.

나 아가씨 아니에요

내가 어렸을 때는 "안녕하세요"라는 인사말이 없었던 것 같다. 길을 지나다가 이웃이나 친구 엄마를 만나면 "숙이 저어메~!"라고 크게 외치는 것이 인사였다. 그러면 그분은 "오냐~" 이렇게 인사를 받았다. 지금 생각해보면 너무 우스운 생각이 든다. 숙이 저어메라니(그러니까 이것은 누구의 어머니라는 호칭으로 불렀던 것이다). 집에 손님이나 친척이 오면 고개만 숙여서 절하거나 친척의 호칭('삼촌~'이라거나 '이모~' 등)을 한번 불러보는 것으로 인사가 끝났다. 그러니까 호칭이 곧 인사였던 것을 알 수 있겠다.

언제부터 전 국민이 안녕하세요, 라는 인사를 하게 된 걸까 궁금한 생각이 든다. 아마도 집집마다 TV가 보급되고 TV가 우리네 인생사에 선생의 역할을 함으로써 전국적인 인사말이 되지 않았나 생각해본다. 어른들은 골목 같은 데서 이웃 어른을 만나면 아침 잡솼습니까, 또는 시각에 따라서 저녁 드셨습니까 등의 인사말을 했던 것 같다.

부모님 세대에서는 사실 일제강점기로부터 해방된 지 10년 안쪽의 세월일 때는 그때의 구습이 남아서 자질구레한 집안일을 도와주러 온 아저씨에게 '긴상'이라고 한다든지 동사무소에서 일하시는 분을 보고는 이주사라고도 불렀던 것 같다.

2년 전 남편의 사망신고를 하던 시기에 동사무소나 법무사 사무소, 구청 등에 갈 일이 많았다. 관공서 창구에서 근무하는 공무원분들은 민원인을 부를 때 '선생님'이라고 했다. 순간적으로 잠깐 내가 선생이었던 걸 어찌 알았지, 이런 생각이 들었는데, 그게 아니라 일반적인 호칭이었다. 나는 나이도 많고 아무래도 늙어 보일 테니까 선생님으로 호칭해도 되지만, 젊은 사람에게도 그럴까 궁금해졌다. 나중에 생각해보니 공무원 연수나 교육기관에서 민원인의 호칭은 선생님으로 통일하라는 교육을 받은 게 아닐까 싶었다. 그러니까 이제 호칭에 대한 고민을 해야 하는 시대가 되었다는 뜻이다.

　딸이랑 음식점에 밥을 먹으러 갔을 때 내가 서비스하는 분을 아줌마라고 불렀다고 딸이 눈을 흘기며 주의를 주었다.

"엄마, 요즘은 그렇게 하면 안 돼요."

"그럼 어떻게 불러야 되냐?"

"그냥 여기요, 하든지 사장님이라고 하세요."

　우리가 어릴 때는 중년쯤 되어 보이는 여자는 아주머니, 혹은 젊다 싶으면 아줌마, 남자는 아재 또는 아저씨였다. 이것은 비칭이 아니고 정중한 호칭이었다. 시골에서는 그 사람의 출신 지역을 따서 싹실댁이라거나 두실 양반이라 호칭했고, 같은 동네에서 결혼하거나 그대로 한동네에서 살게 됐을 때는 본동댁이라거나 제동댁이라고 불렀다. 이것은 우리는 제법 법도 있는 집안이라는 자랑스러움이 담긴 호칭이었다. 지금도 가끔 작은 마을에 가보면 본동 슈퍼라는 구멍가게들이 눈에 띈다. 그러면 이 가게 주인이 고향에서 계속 살아오신 분이구나 싶어 그 마을에 대해 궁금한 부분을 질문해도 되겠다고 짐작한다.

세월이 갈수록 특정 인물이나 직업을 지칭할 때 점점 더 격조 높아 보이게 호칭이 달라지는 것 같다. 옛날 중산층 가정에는 식모라 불렸던 사람들이 거의 같이 살고 있었는데, 요즘은 근무 여건도 바뀌었지만 호칭도 변했다. 가정부라고 했다가 파출부라고 했다가 요즘은 가사 도우미라고 한다. 도우미는 여러 곳에서 쓰이는데, 간병 도우미, 노래방 도우미 기타 등등 아무 곳에나 갖다붙이면 되는 낱말로 두루 쓰인다.

TV 선생님으로부터 배운 격조 높은 다른 호칭들로는 요리사는 셰프, 제빵사는 파티세리, 미술관의 안내자는 도슨트, 그 외에도 호텔리어, 플로리스트, 바리스타, 머천다이저, 디렉터 기타 등등…… 참, 나는 왜 이렇게 유식하냐.

내가 어렸을 때는 라디오에서 드라마 연속방송을 열심히 들었다. 드라마에서는 부부간에 여보 당신 이런 말을 사용한다는 것을 알게 되었지만, 우리 부모님은 아무도 여보 당신 같은 말은 안 하고 어머니가 아버지를 부를 때는 "보소~"라고 했던 것만 기억에 남아 있다.

나는 같은 학교의 국어 선생이었던 김선생과 결혼했기

때문에 결혼하고도 서로 김선생 이선생 하다가 좀더 지나서는 아무런 호칭 없이 그냥 할말을 대충 하고, 전형적인 경상도 감성으로 "어~ 봐라~" "저~ 여기" 등등 나오는 대로 사용하며 지냈는데, 40이 넘고 갑자기 남편을 부를 일이 생기니까 내 입에서 저절로 "보소~"라는 말이 자동 발생으로 튀어나와서 엄청 웃었다. 그후로는 아주 자연스럽게 "보소, 자기" 이런 말을 사용하게 되었다.

호칭에 대한 글을 쓰면서 친구들에게 부부간의 호칭을 조사해보았는데, 역시 조사하면 다 나오게 되어 있어, 한 친구는 신혼여행지에서 남편이 마구 여보 당신을 구사해서 오글거려서 죽는 줄 알았는데, 그렇게 강제로 교육받고 나니 지금까지 평생 여보 당신 하며 잘 지내고 있다 했고, 또 한 친구는 여보는 차마 시작도 못 해보고 "당신아!"라고 서로 습관 들여서 산다 하고, 또 한 친구는 2층에 있는 남편을 부를 때 크게 "예~"라고 소리를 친다는 거다. 손주들이 할머니는 왜 할아버지를 부르면서 대답을 먼저 하느냐고 해서 웃었단다. 요즘 젊은 사람들은 남편을 오빠라고 하는 사람이 많다. 연애할 때부터 들인 습관이겠지만, 어쩐지 할머니가 되고 나면 할아버지가 된 남편에게 오빠라고 하기가 좀 민망할 것 같다. 이것도 순전히 내 생각이다.

50대 후반 무렵 어린아이들로부터 가끔 할머니로 불리기 시작했는데, 그때는 그렇게 기분이 나쁘진 않았다. 아마도 그애들의 할머니도 나 정도의 외형을 하고 있을 것이기 때문이다. 그런데 지인의 아파트에 방문했을 때 경비원이 "할머니 어떻게 오셨어요?"라고 했다. 머릿속이 또잉~울리는 느낌이 들면서 속으로 '내가 왜 네 할머니냐?' 싶은 저항감이 들어 '저도 별 젊어 보이지도 않는구만' 속으로 구시렁거렸다. 지금이야 당연히 할머니고 누가 불러도 할머니며 스스로도 할머니라 칭하지만, 이게 이렇게 될 때까지 꽤나 심정적 연습이 필요했던 것이다. 게다가 요즘은 또 어르신이라는 호칭으로 불리는 때가 있는데, 어찌나 민망스러운 생각이 드는지 무슨 얼어죽을 어르신이냐 싶고.

십수 년 전부터 친구들이랑 일주일에 한 번씩 가까운 산에 다닌다. 하루는 산 입구 모이는 장소에서 친구 하나가 오자마자 열불을 내며, 아니 그 기사가 내가 할머닌 줄 어찌 알아본 건지 모자도 쓰고 선글라스도 쓰고 마스크까지 했는데 "할머니, 그렇게 앞에 서 있으면 위험하니까 뒤쪽으로 가세요" 했다고 분개를 하는 것이었다. 그러니 이제 우리는 얼굴이 문제가 아니라 딱 서 있는 자세만 봐도 누구라도 할머니로 봐주는 나이가 됐다는 말이다.

결국 호칭이란 가까운 가족이나 친인척 간의 호칭은 별 문제가 아니고, 사회에서 객관적으로 불릴 때는 그 사람의 외형과 풍기는 인상이 중요하다 하겠다. 지인 중에 말을 엄청 맛깔나게 하고, 하여간 같이 대화하면 재미있는 사람이 있는데, 자기가 새댁일 적에 시장을 가면 장사하는 분들이 "아가씨, 이것 좀 사가세요" 하더란다. 그 사람들에게 "저 아가씨 아니에요. 저 아줌마예요. 내가 아줌마 되려고 돈도 엄청 많이 쓰고 얼마나 노력했는데요" 했다는 거다. 같이 얘기를 듣던 사람들은 박장대소를 했다.

따지고 보면 여자들이 아가씨에서 아줌마로 불릴 때쯤 얼마나 심정적 갈등이 많았을까. 당연히 결혼도 했고 적당히 나이들었으면 아줌마로 불려도 그러려니 할 수 있어야 할 텐데, 왜 이게 또 쉽게 받아들여지질 않는 겐지. 게다가 요즘엔 나이는 제법 들었는데 비혼을 선택한 사람들이 많다보니 모르는 사람을 불러야 할 때는 꽤 신경을 써야 하는 시대가 된 것이다. 결혼하고도 아이를 안 낳은 사람도 있는데, 장사하는 사람 중에는 손님에게 무조건 어머니라고 하는 경우가 있다. 지금은 세상이 바뀌어도 엄청 바뀌어서 아무나 어머니라고 해서는 안 된다는 생각을 가져야 한다. 예전에는 당연히 저 정도 외모를 가졌으면 아주머니나 어머니로 불려도 될 것 같은, 시대가 인정하는, 요즘 애들 말로 '국룰'적 호칭이 있었지만, 이제는 모든 면에서 '이게 맞나?' 자신의 상식을 다시 한번 점검해야 하는 시대가 되었음을 실감한다.

나는 거의 매일 운동 삼아 동네에 있는 공중목욕탕에 다닌다. 몇 년을 그렇게 지내다보니 자주 보는 사람들은 서로 알은체하고 인사도 하며 지낸다. 자기 생일이라고 음료수를 돌리거나 여러 명목으로 한턱을 쏘는 경우가 많다. 서로 발가벗은 채로 나이를 짐작하여 형님 아우 언니 동생 하다가 알고 보니 상대가 나이를 더 먹었거나 한참 어린 경우도 있다. 요즘 사람들은 도대체 나이를 짐작할 수가 없는 경우가 많아서 섣불리 몇 살쯤 되어 보인다는 말을 하지 않고, 짐작보다는 다섯 살, 어떨 때는 열 살쯤 확 내려서 말하기도 한다. 대부분의 사람들은 자기가 다 제 또래보다 젊어 보인다고 생각하고 살기 때문에 나이를 대충 짐작 가는 대로 말하면 실례가 되어버린다. 목욕탕이 아닌 외부에서 (즉, 옷을 제대로 갖춰입고) 만나는 경우에는 잠깐 헷갈렸다가 어버버 애매한 호칭을 남발하거나 밖에서 만나니 너무 근사하다는 하나 마나 한 인사를 주고받으며 헤어진다.

아직 젊은 사람들은 나이들어감으로 인한 이러한 호칭 문제에 대해서 별생각이 없겠지만, 우리처럼 늙은 사람들은 지나오는 나이 대마다 호칭 하나에도 여러 가지 감정을 겪으며 지내왔다.

너 아무도 안 쳐다봐!

늙는다는 것은 불편함을 견디는 힘이 점점 약해진다는 뜻이다. 어느 순간부터 '여포신발'('여자임을 포기한 신발'이라는 못된 말로 굽이 없는 단화를 뜻한다)을 신기 시작한다. 그다음으로는 모든 종류의 보정속옷을 거부한다. 꼭 끼는 속옷을 입으면 숨통이 조이고 눈이 튀어나올 것 같다. 이러니 S라인이 되어야 할 부분이 D라인이 되고도 불편함을 감당하느니 차라리 평퍼짐한 차림을 선호하게 된다. 이로써 완전한 할머니의 반열에 오르게 된다. 아니지, 백내장 수술도 하고 임플란트도 몇 개쯤 해야 그래도 할머니라고 말할 수 있으려나, 그러니 늙느라고 고생도 좀 해봐야 진정한 할머니라고 할 수 있겠다.

내가 예의를 좀 차려야 하는 사람들과 식사하게 되면 뜨거운 국물 요리를 먹지 않는 것은, 어쩐 일인지 나이가 많아지고부터 더운 국을 먹으면 맑은 콧물이 줄줄 나와서 밥 한 번 먹는 동안 휴지를 몇 번이나 사용해야 하기 때문이다. 아무리 품위를 유지하면서 우아하게 밥을 먹으려고 해도 품위는 개뿔, 식탁 위에 휴지만 점점 쌓여간다.

밥을 먹고 나서도 문제가 발생하는데, 나이가 많아지고 나니 치아 사이에 틈이 많아져서 밥을 먹고 나면 음식물이 잘 낀다. 그런데 이걸 참고 집까지 갈 수가 없다. 모든 불편함은 제때 해소해야 살 것 같다. 이쑤시개를 사용하고 잘 안 빠지는 것은 쯧쯧 소리를 내기도 해서 딸과 같이 밥을 먹을 때 "엄마, 지금 꼭 그렇게 해야겠어요?"라는 말도 들었다. 그래, 난 지금 이걸 꼭 해결해야겠어. 불편한 건 못 참아! 나도 젊었을 땐 이런 것이 문제가 될 거라고는 생각도 안 해봤다.

머리를 60년 넘게 왼쪽 가르마를 타서 오른쪽으로만(이 대 팔인가?) 넘겨가지고 살아왔더니(이것은 좋은 방법이 아니라는 것을 참고하시길), 가르마 쪽 머리숱이 성겨져서 이래서는 안 되겠다 싶어 오른쪽으로 가르마를 탔는데, 머리가 말을 안 듣는다. 결국 앞머리를 내린 것처럼 해가지고 다녀야 하게 생겼다. 남이 보면 다 늙은 주제에 애교머리를 내린 주책바가지 할망구처럼 보일 것 같다. 친구에게 이런 사정을 이야기했더니 친구가 하는 말. "아무도 늙은 우리에게 관심 없어. 네가 머리를 넘겼는지 내렸는지 아무도 몰라. 그러니 신경쓰지 마."

그래, 신경을 안 써도 괜찮은 것은 좋은데, 젊은 사람들 눈에는 나이든 사람들이 정말 안 보이는 모양이다. 어쩌다 지하철을 타보면 간혹 젊은 남녀가 꼭 붙어 서서 끌어안고 있는 장면을 보게 된다. 출입구 쪽 봉에 기대 서로의 눈을 들여다보거나 남자가 여자 머리를 쓸어넘겨주기도 한다. 야 참, 이런 장소에서 둘에게만 저렇게 몰입할 수 있는 신경줄이 참 튼튼도 하구나, 설마하니 자기들 눈에 나이든 사람들이 보이면 그러고 싶겠냐고. "야들아, 사람 없는 데 가서 그러면 안 되겠니?" 하는 말이 금방이라도 입 밖으로 나올 것 같지만 품위 유지상 못 본 척한다.

그렇지만 보고 있는 시간이 길어질수록 심기가 점점 불편해진다. 젊은 사람들만 드나드는 카페나 거리라면 자기들끼리 통용되는 어떤 행동을 하더라도 그들끼리의 문화가 있으니, 우린들 뭐라고 그러겠나. 지하철이나 그냥 길거리나 공공장소 이런 곳은 여러 세대의 사람들이 모여드는 곳이니 다른 사람들의 시선은 좀 의식해주었으면 좋겠다. 젊은 사람들끼리는 그게 아무렇지도 않고 정말 보기 좋은가? 나는 이것이 진짜 궁금하다.

한 번씩 산책길을 걷다보면 학생들이 등교하는 시간대가 될 때도 있다. 확실히 세태가 많이 바뀌었구나 싶은 게 교복을 입은 채로 등교하면서 남녀 학생 둘이 어깨를 껴안거나 허리에 팔을 두르거나 손을 잡고 가는 장면을 만난다. 오혹!! 이런 경우는 정말 적응 안 된다. 대부분의 학생들은 아직도 수수하게 하고 다니지만, 일부는 짧은 교복 치마와 단추가 터질 듯한 셔츠, 살짝 화장을 한 듯한 얼굴이 눈에 띈다. 집에서부터 이러고 나왔을 테니 자기 엄마나 아빠도 못 말린다는 말이 되겠다.

요즘 애들이 왜 이러냐? 말은 이렇게 하지만 사실은 나도 젊었을 때 아찔한 미니스커트를 입고 다닌 시절이 있었다. 아마도 그 시대에 나이 많은 분들의 충격은 더 컸으리라. 나는 1970년 전후로 대학교를 다녔으니 우리나라에 처음으로 미니스커트 열풍이 불어왔을 때였다. 미니스커트는 TV에서 대담 프로의 주제가 될 정도였고, 패널들이 찬반으로 나뉘어 열띤 공방전을 펼치기도 했다. 급기야는 경찰에서 나서서 치마 길이를 검사해서 무릎 위 10센티미터가 넘으면 경범죄로 파출소에 잡혀가야 했던 것이다. 나도한 번 경찰에게 치마 길이를 재어 보여야 했던 적이 있는데, 다행히도 10센티가 안 넘었는지 훈방되었다. 지금 생각해도 웃음이 난다.

남자들은 무사했느냐 하면 그렇지 못했다. 장발족 단속때문에 내 남동생은 군입대하기 사흘 전에 파출소에 잡혀가서 이틀을 꼬박 잡혀 있어야 했다. 그때 그 시간이 너무아까워서 내가 남동생이 이승을 떠난 지금까지도 분하게생각한다.

하기야 고대 이집트 벽화에 요즘 젊은것들은 버르장머리가 없어, 쯧쯧 하고 쓴 글이 있다니까, 어느 시대나 젊은것들을 보고 쯧쯧 혀를 차는 사람은 있게 마련이다. 이제 우리 세대가 다 지나가고 지금은 젊은이들의 시대가 되었으니우리는 그냥 수용하는 수밖에 없다고 생각하지만, 드라마에서 극적인 효과를 끌어내기 위해서 중인환시리衆人環視裡에남녀 주인공이 포옹을 하거나 길거리에서 키스하거나 하는 장면을 넣는 것인데(카메라 빙빙 돌아가고 난리), 요즘 젊은 사람들은 실제로 그렇게 하는 것이 멋있는 줄 아는 모양이다. 나이든 사람들이 볼 때 하나도 안 멋져 보이거든, 이것은 내가 몇 년 전에 어디다 쓴 글의 일부이다.

그런데 김훈(1948년생으로 나와 동갑이다) 작가가 강연하는 걸 유튜브에서 봤는데, 전혀 다른 시각을 가지고 있었다. 이렇게 살기 어려워진 사회에서 그래도 젊은이들은 광화문의 살벌한 대자보가 걸린 빌딩 아래서도 둘이 끌어안고 사랑을 나누고 그런 연인들이 너무 사랑스럽다는 거다. 그렇다고 본인이 길거리 키스를 장려하는 것은 아니다, 라고 말해 청중들의 폭소를 끌어내었다. 그러고는 3월에 초등학교 입학식을 하면 꼭 가서 구경하는데, 그렇게 파릇파릇하게 돋아나는 어린이들을 보는 게 너무 즐겁다고 말했다. 역시 대작가는 사회현상을 보는 눈이 다르구나 싶었다.

인터넷 서점에서 신간을 점검하다가(요즘 내 취미 생활이다) 에세이 『필수는 곤란해』(김민영 옮김, 마음산책)의 소개글을 보았다. 저자 피어스 콘란은 한국 이름이 권필수이다. 아일랜드에서 태어나 스위스에서 자랐고 더블린의 트리

니티 대학교에서 영화와 프랑스 문학을 전공했단다. 현재 홍콩의 〈사우스 차이나 모닝 포스트South China Morning Post〉에 한국 드라마 평론을 기고한다. 게다가 이분의 아내가 영화 〈미쓰 홍당무〉를 만든 이경미 감독이란다. 아니 이렇게 복잡다단하게 살아온 사람이 또다른 문화 영역의 아내를 만나 살면 이분의 머릿속은 보통 사람들과는 정말 다를 것 같다. 이런 약력을 가진 사람들은 우리처럼 한국에서 나고 자라서 지금까지 아무런 이질적인 인간관계 없이 거의 비슷한 사고방식으로만 살아오면서 나이만 먹은 우리 같은 사람과는 전혀 다른 사고를 할 것 같다. 이분뿐만 아니라 요즘 젊은 사람들 중에는 여러 나라의 언어를 구사하며 외국에서 살기도 하고 세계를 내 집처럼 휩쓸고 다니는 사람도 많단 말이지. 그러니 이런 젊은 사람들은 우주적 사고를 하면서, 좁은 나라 안에 갇혀 사는 우리하고는 영 다른 사고를 펼칠 것 같다는 생각이 들고, 내가 젊은이들의 여러 삶의 형태에 대해서 왈가왈부할 형편이 못 되는 것은 자명한 일이다 싶다. 그러니 나는 이제 반성하고 다른 세대의 형태나 사고방식 그 외 다른 것들에 대해서 다시는 간섭할 마음을 내지 않겠다고 다짐한다.

나는 지금 젊은 사람들이 재미있어하고 관심 가지는 분야에 대해 알지 못하고 흥미도 못 느끼는 경우가 많다. 웹소설이나 연재만화, SF 장르물에 대해서는 영 아무것도 모르고, 읽어보려고 관심을 가졌다가도 금방 흥미가 떨어져버리는 것을 보면 나는 어쩔 수 없는 옛날 사람인 것이다.

그러니 젊은이들이 우리 세대에게 아무도 관심 없어서 안 쳐다보는 것처럼 나도 관심 끄고 내 갈 길 가야지. 친구들 사이에서 요즘 유행하는 말은 "너 아무도 안 쳐다봐"이다. 내가 다 퍼뜨렸다. 우리 세대는 아무래도 남의 눈을 의식하며 살도록 길들여졌기 때문인지 옷을 입고 밖에 나갈 때도 남의 눈에 튀지나 않을지 신경을 쓰는데, 어쩌다 첨단적(사실은 별 첨단적이지도 않다)인 옷을 입었을 때 친구들에게 점검받기 위해서 "이거 좀 이상하지 않아?" 또는 "이 색깔 너무 눈에 띄는 거 아냐?" "오늘 내 머리 모양이 좀 이상하지?" 등의 말을 하면 딴 친구들이 입을 모아 "너 아무도 안 쳐다봐. 괜찮아, 그냥 입어" 이렇게 대답한다.

70대 후반으로 가는 할머니가 무슨 옷을 입었기로서니 누가 그렇게 관심을 가질 것이며 쳐다본들 어쩔 건데, 느는 것은 배짱이다. 그러면서 젊었을 때는 잘 안 입던 원색 옷

도 입고 입술 색깔도 빨갛게 발라보기도 한다. 아무도 안
쳐다보면 또한 자유롭다.

76세

나는 1948년생으로 생일이 지나갔으니 만으로 75세라지만 그냥 우리의 관습대로 76세인 게 자연스럽다. 사람이 이 나이까지 살아보면 이제까지와는 다른 생각들을 하게 되는 모양이다. 먼저 뉴스를 보고 싶지 않다. 특히 정치권의 다툼들은 영 관심 갖기도 싫어지는 일이다. TV를 본다는 것은 일상의 많은 부분을 차지하기도 하는데, 요즘 TV를 틀면 참말로 보고 싶은 게 없다. 드라마들은 너무 독한 스토리들 때문에 질리는 느낌이라 계속 보고 있기가 힘들어져서 채널을 돌리고 만다. 한 번 채널을 돌리면 광고 광고 또 광고 홈쇼핑 또 홈쇼핑, 그러니 TV를 끈다. 유튜브를 켜보면 내가 건강 관련 영상을 몇 편 봤더니 알고리즘

이 계속 그런 방송만 추천해준다. 또 솔깃해져서 몇 가지를 본다. 운동을 직접 따라 해야 할 방송도 그냥 눈으로만 본다. 마음만 훤하고 몸은 따라 하기가 싫다. 넷플릭스나 또다른 매체들의 영화들도 굳이 찾아서 보고 싶은 기분이 안 생긴다.

1953년에 휴전협정이 체결되었고 2년 뒤인 1955년에 국민학교에 입학했다. 그때는 4월에 새 학기가 시작되었다. 교실 일부 벽면이 전쟁의 상흔으로 허물어져 있었다. 국민학교 3학년 가을 학예회를 할 때였는데, 한 반에서 남녀 학생 한 명씩 뽑아서 일종의 무용극을 했다. 제목은 '토끼전'이었다. 용왕 자라 토끼 문어 수문장들은 남학생들이 하고, 여학생들은 용궁의 궁녀들로 단체무용을 추었다.
   그 당시엔 무용복이랄 것도 없이 노랑 저고리에 빨강 치마를 입었다. 그 시대엔 그 정도의 옷도 새로 해 입힐 집이 별로 많지 않아서, 발표회 전날 총 연습을 할 때 나는 새 옷이 아닌 헌 옷을 입고 준비하고 있었다. 그때 어머니가 다른 사람 편으로 새로 지은 옷을 보내왔는데, 마침 다른 애의 엄마가 그걸 보고는 너는 이미 옷을 입고 있으니, 하며 내 새 옷을 자기 애에게 입혔다. 나는 어른에게 대항할 수도 없고 속으로 아주 섭섭했는데, 그게 무슨 대단한 일이라고 이 나이가 될 때까지 기억하고 있다. 참, 나란 인간.

태풍 사라호가 왔을 때는 추석날이었다. 내가 겪은 태풍 중에서 최강의 태풍이었다. 태풍이 지나가고 오후에는 날이 말갛게 개었다. 그때는 구경거리가 없어서 그랬는지 대홍수가 나면 그걸 또 구경을 갔다. 가족들과 남강둑에 가서 누런 물살이 밀려내려오는 것을 봤다. 집이 떠내려오고 돼지도 실려왔다. 그날 밤 달이 실로 휘영청 밝았던 게 지금도 또렷이 기억난다.

신혼 때 남편하고 나란히 누워서 이런 말을 주고받았다. "나는 국민학교 6학년 때 봄소풍을 못 간 게 지금도 억울하네." "왜 못 갔는데?" "4.19 데모 바람에 그랬지." "뭐? 그때가 국민학생 때였다고? 아이고~ 내가 이런 얼라하고 살고 있다니, 나는 그때 말이다. 고2였기 때문에 '방관자여 그대 이름은 비겁자' 이런 구호를 외치며 데모하고 있던 사람이었다." 남편과 나는 여섯 살 차이이기 때문에 이런 소리를 하며 살았는데, 나이가 많다고 더 어른스럽지가 않고 철딱서니라고는 나보다 더 없는 것 같았다.

1961년 5월 16일 등교를 하는데(그때가 중학교 1학년이었다) 사거리에 군인이 서서 수신호로 교통정리를 하고 있었다. 사실 내가 사는 소도시에는 차가 별로 많지 않고 건널목도 명확하지가 않아 필요하면 종로통이라 불렀던 거리 한복판도 어슬렁거리며 돌아다닐 수가 있었는데, 그날 아침은 어째 제법 도시 같고 뭔가 씩씩한 기상이 느껴지고 어쩌면 신나는 일이 생길 것도 같은 기분이 들었다. 학교에 갔지만, 뭐 별다른 소식도 없었고 선생님들도 별 기색을 보이지 않았다. 이것이 바로 5.16군사정변이라고 불렸던 날의 기억이다. 그다음 해인가 화폐개혁이 있었는데, 이제까지의 천 환의 가치가 100원이란다. 돈 계산할 일 별로 없던 시기여서 우리들은 큰 혼란 없이 살았다만, 그때 기념으로 아버지께서 우리 형제들에게 50원권 지폐를 주셨는데, 그전의 천 환권에 비해 크기는 아주 작아졌지만 너무 깔깔한 새 돈이라 아까워서 쓸 수가 없었으므로 고이 간직하고 있었다. 하지만 그 돈은 써보지도 않았는데, 어떻게 되었는지 어디로 갔는지 알 수가 없다. 몇 해가 지나고 나서 50원

100원권 지폐는 지금도 사용하고 있는 동전으로 바뀌었다. 후에 88올림픽이 개최됐을 때 기념주화를 사서 두 아이에게도 주고 나도 가지고 있었지만, 행방불명이다. 그러니 기념 어쩌고 하면서 뭔가를 간직할 일은 아닌 것 같다.

고등학교 때 '군인 아저씨께'라는 제목으로 월남 파병 군인들에게 편지를 보내는 숙제가 자주 있었다. 그때 한 장병과 연결되어 꽤 오래 편지를 주고받았는데, 월남에서 돌아온 새까만 김상사는 아니고 김병장이었나? 실제로 나를 만나러 오는 사건이 발생하여 어쩌고저쩌고 사연이 좀 있었다. 초임 교사 시절엔 유신헌법이 발효되고 그 달의 반상회가 개최되는 곳에 교사들이 파견되어 유신체제로 가야만 한다는 민심 설득에 동원됐었다. 요즘 사람들이 이걸 이해나 할 수 있으려나? 나는 무슨 말을 해야 할지 몰라 그냥 참석만 하고는 반상회가 끝나고 인사만 하고 나왔는데, 지금 생각하면 기괴하기만 하다. 전혀 낯선 동네에 알지도 못하는 사람들 사이에 끼어 앉아 있었던 내가 있었다.

살면서 내가 저질러온 멍청했던 짓들을 생각하면 이불킥을 하게 되지만, 그때 그 일을 기억하고 있는 사람은 나밖에 없을 거라는 생각을 하면 마음이 좀 편안해진다. 아마도 나이가 많아서 잊었거나 어쩌면 죽고 없는지도 모르고, 나 외에는 나에 대해 관심 가지는 누군가가 없다는 사실에 안도한다. 가끔 다용도실이나 베란다의 창고문을 열고 멍하니 서 있다가 '내가 여기 왜 왔지?' 하는 생각 끝에 거실로 돌아오면 드라이버를 찾으러 갔다거나 부직포를 가지러 갔다는 사실을 깨닫고 다시 갔다 오게 된다.

요즘엔 아무리 나이들을 많이 먹어도 집에 가만히 있는 사람은 거의 없다. 겨우 4명이 만나는 모임을 가지려 해도 무슨 무슨 요일은 빼야 한다는 조건을 다 충족시키려면 만날 수 있는 요일을 정하기가 여간 어려운 게 아니다. 다들 문화센터 같은 곳에서 라인댄스나 노래교실, 요가, 헬스 등등을 다니기 때문에 백수들이지만 주말에 모임을 하면서 우리까지 이러면 안 되는데, 자책하기도 한다.

현대인들은 왜 이리 바쁜가. 우리가 어렸을 적에는 형제들이 6명이나 됐기 때문에 어머니도 우리들의 사생활을 일일이 기억하고 통제할 수 없었다. 양치질을 아침에 한 번만 하는 건 줄로 알고 있었고, 옷을 한 번 입으면 다시 다른 옷으로 갈아입을 때까지 그대로 입고 자고, 흙바닥에 주저

앉아서 땅따먹기를 하고 고무줄놀이도 하다 그대로 학교에 갔다. 머리를 자주 감거나 목욕을 자주 가지도 않았기 때문에 명절 하루이틀 전에는 공중목욕탕이 만원을 이루었다. 우리는 날마다 뭔가 놀이를 만들어내어 놀았고, 아무도 그렇게 바쁜 사람은 없었다.

요새 사람들은 머리끝부터 발끝까지 부분부분 신경써서 관리하고, 온몸의 부위별로 근육도 키워야 하고, 어떤 부분은 어떤 방식으로 운동해줘야 한다는 여러 상식에다 간과 콩팥, 장과 심장, 위장, 폐까지 뭘 먹으면 좋고 혈행 개선을 위해서는 어떤 음식을 먹는 게 좋다는 것까지 다 알고 실천하려고 하니 사실 자기 몸뚱이 하나 건사하는 일만도 하루해가 다 갈 판이니 어찌 바쁘지 않겠는가? 손톱과 발톱을 네일숍에서 장식한 사람을 보면 어쩜 저렇게 시간을 낼 수 있을까 감탄이 먼저 나온다. 저렇게 하려면 예약도 해야 하고 실제 관리받는 시간도 꽤 걸릴 텐데, 많은 사람들이 손발톱을 치장하고 다니는 것을 보면 신기하기까지 하다.

옛날에는 날씨를 좀 예견할 줄만 알아도 도사 대접을 받았다. 그뿐만 아니라 특정한 분야에서 다른 사람보다 조금만 더 많이 알고 있으면 우르르 몰려가 대단한 사람으로 봐줬다. 지금은 이 모든 것이 손 안의 폰 하나로 해결된다. 실시간으로 세상의 모든 일들을 다 알아볼 수 있다는 말이다. 그러나 정보를 너무 많이 알아도 이것이 더 많은 혼란을 일으키는지, 요새 사람들은 더 많이 불안해하고 아는 만큼 더 많은 질병들이 생기는 것 같다. 내가 살아온 세월은 경제 발전 속도도 빠르고 기계문명이 급격히 진행되어 사람의 생각도 그에 발맞춰 빨리 따라잡지 않을 수 없었다. 예전에 우리가 불변의 가치로 알고 살아왔던 어떤 것들은 너무 빠른 변화의 속도 아래 혼란을 겪을 수밖에 없었다. 세태도 그에 못지않게 빠르게 변해왔는데, 우리가 출산할 당시에는 첫아들을 낳으면 특별히 더 기뻐해주고 딸 없이 아들만 둘 이상씩 낳으면 시댁과 주변에서 칭송이 자자했다. 지금은 아들만 둘 있는 친구들이 딸 없음을 한탄해 마지않는다. 이제 모든 것은 변했고 다음 세대는 어떤 형태로 살아갈 것인지 감도 잡히지 않는다.

한 친구가 말하기를, 손자들을 보면 외계인 같고 손자들도 자신을 외계인쯤으로 본단다. 그리고 앞으로 살아야 할 날이 10년 정도밖에 안 남았다는 것에 안도의 한숨이 나온다는 것이다. 또다른 친구는 손주들을 돌보기 위해서 뜬금없이 세종시에 가서 사는데, 가끔씩 통화해보면 여기저기 몸이 아프고 해서 굳이 오래 살고 싶지 않다는 말을 한다. 나는 "아니야, 나는 좀더 오래 살고 싶어. 내가 두고 보아야 할 사안이나 인물들이 얼마나 많은데, 나는 그것들을 다 구경하고 싶어. 그러니 좀더 오래 살기 위해서 건강에 힘을 쏟아야겠다"고 말해주었다.

60대 때까지는 얼굴이 늙고 주름지는 것이 그렇게 심각하지 않았는데, 70대가 넘어가면서 마리오네트 주름이 생긴다. 이건 확실히 어쩔 수 없는 할머니의 표상이다. 요즘 더 심각한 문제는 눈꺼풀이 밑으로 처지는 것. 이것을 두고 눈썹을 절개해서 끌어올리느냐, 처진 눈꺼풀을 자르고 쌍꺼풀 수술을 해야 하느냐를 놓고 친구들 사이에서 갑론을박이다.

생각해보면 나는 참 운좋게도 그냥저냥 평탄하게 살아온 것 같다. 보통 사람들이 겪었을 여러 인생살이와 이런저런 사건사고와 경제적 결핍과 허약 체질과 남편과의 불협화음이 있었음에도 말이다. 익명으로 살 수 있었던 자유로움과 처치 곤란한 재물 때문에 머리를 썩여야 할 일이 없음에도 감사한다. 나는 이제 어느 정도 자유롭다. 관습과 도덕으로부터, 또 종교와 신념으로부터, 이런저런 인간관계로부터도 거의 자유롭다. 다만 죽음의 두려움으로부터는 아직 자유롭지 못하다. 그러나 다시 젊어지고 싶지 않으며 지금까지 먼 길을 온 것만으로도 나는 감사한다.

나의 해외여행 분투기

대학에 진학할 때 사학과에 갔던 이유는 꼭 역사를 전공하고 싶다는 열망이 있어서가 아니라 다른 과들이 가고 싶지 않아서 배제하다보니 사학과가 남았던 것이다. 그때는 여자들이 주로 가정과나 식품영양학과 의상학과 간호학과 등을 선호했는데, 나는 그런 과에는 전혀 가고 싶지가 않았다. 하여간 사학과를 가고 보니 봄가을로 답사를 다니는 근사한 과였다. (공부에는 별 관심이 없었던 모양.)

당시의 관광버스 실태가 어땠는지는 생각이 안 나지만, 우리는 고급 관광버스인 '그레이하운드' 버스를 타고 다녔다. 우리는 그 버스를 '개그린 버스'(실제로 버스 옆구리에 날씬한 그레이하운드 개가 그려져 있었다)라고 불렀고, 여행 마지막날의 캠프파이어를 위해서 블루리본이라는 캔맥주(그때 국산 캔맥주가 나왔는지는 기억에 없다)를 잔뜩 싣고, 마른안주도 준비해 갔다.

사학과 전체 학년이 참가하는 것이었으므로 남자 선배들이 버스 안에서 마이크를 잡고서 아주 재미있는 담소를 풀고, 우리는 그런 재담꾼이 있으면 웃느라고 버스 안이 시끌벅적했다. 한 선배가 자기가 영어로 이야기를 들려주겠다며 마이크에다 대고, 원스 어폰 어 타임 심청 해버 예스, 허 파더 심학규, 심학규 노 씨, 원데이, 심학규 풍덩 인 워러, 이런 콩글리시를 마구 쏟아내거나 재미난 노래를 하면 버스 안은 언제나 신나는 기운으로 가득찼다.

해남의 대흥사로 답사를 갔을 때는 그 웅장한 규모에 놀랐다. 대흥사 앞에 있던 여관방 크기가 또 대단했다. 여관이 딱 하나 있었던 것 같은데, 장작을 피워서 난방을 하고 매캐한 연기 냄새가 나는 커다란 방에 여학생 전체가 나란히 누워 잔 기억이 새롭다. 물론 남학생도 다른 큰 방에서 모조리 같이 잤다. 봄철의 내장산이나 동백꽃이 모가지째 뚝 떨어져 있던 선운사, 단청이 다 벗겨져 한창 고상한 거 좋아하던 내 눈에 아주 고졸하게 보이던 양산 통도

사도 그렇게나 맘에 들었는데, 지금 생각해보면 아마도 단청을 새로 하기 직전의 모습이 아니었나 싶다. 불이 나기전의 낙산사나 극동호텔 외에는 별다른 건물이 없었던, 호텔로 완전히 둘러싸이기 전의 해운대, 지금처럼 관광지화되지 않은 여러 사찰들의 모습을 기억한다. 그렇게 전국의여러 곳을 답사라는 명목으로 다니며 탁본을 하거나 발굴지역에 현장학습이라는 명목으로 가기도 했고, 박물관장으로 계셨던 교수님이 학교 올 시간이 없어서 우리들을 덕수궁에 직접 불러서 실물 교육을 시켰던 때, 고궁에 무료로 들어갈 수 있다는 게 더 신이 났던 기억도 있다. 뚝섬에서 나룻배를 타고 건너갔던 소풍 장소가 지금의 봉은사근처라는데, 지금은 전혀 실감이 나지 않는다.

　대학 생활 때의 이런 경험들은 내 뇌리에 강렬하게 남아어디에 갔다 하면 답사 갔을 때 어쩌고 하는 말이 자연적으로 나왔다. 1993년 유홍준의 『나의 문화유산답사기』가베스트셀러가 되면서 그때부터 그 책에 소개된 사찰이나고장은 점점 더 상업적인 풍경으로 바뀌어갔다. 나는 그때보다 20여 년도 더 전에 다니면서 불편했던 길이나 아쉬운점은 생각이 안 나고, 사찰의 사찰다운 면과 소쇄원이나 초의 선사 초막의 고즈넉한 분위기가 더 좋았던 기억이 있다. 전업주부가 되어 아이들을 키우고 살림을 사느라고 집에만 있어야 했던 시기에도 별다른 갈등 없이 지낼 수 있었던 것은 이런 경험들을 많이 해두었기 때문이지 싶다. 짧은 직장생활도 내가 살아가는 데 회한으로 남지 않았고, 그런 경험이 있어서 더 안정적인 생활을 할 수 있지 않았을까 생각한다.

학교를 졸업하자마자 곧바로 결혼했거나(그때는 대부분이 그랬다) 직장생활도 못 해본 친구들의 마음속 갈증은 나이들수록 더 심화되는 것처럼 보였다. 무얼 배운다고 이 것저것 문화교실을 드나들었지만 어딘가 해소되지 못한 부분들이 남아 있는 것 같았다. 이런 부분을 나중에 해외여행을 가는 것에서 보상받으려는 것처럼 보였다.

우리나라에서 여권 발급 받는 것도 어려웠던 시대인 1950년대 후반부터 세계의 여러 나라를 다니며 오지 탐사를 하고, 슈바이처에게 만나고 싶은 열망을 수십 차례 편지로 전해서 기어이 그 목적을 달성한 김찬삼씨가 1972년 출간한 『김찬삼의 세계여행』은 당시로서는 상상하기도 어려운 100만 부가 팔렸던 책이다. 그때만 해도 해외여행은 꿈도 꾸기 어려운 시대여서 책 좀 사두는 집에는 이 책을 모두 산 것 같았다. 물론 우리집에도 있었다. 사람들은 이 책을 보며 가능하지 않은 세계여행을 꿈꾸었다. 그후 한국은 연령대에 따라 조금씩 해외여행을 허가하다가 88올림픽을 개최하면서 문호를 완전히 개방하고, 전 연령대에 해외여행 자유화가 이루어진 때는 1989년으로 알고 있다.

이후 차츰 일반인들 사이에서도 해외여행 붐이 일기 시작했다. 처음 우리 부모님 세대가 여행을 갈 때는 멀리 유럽으로 가는 것 자체가 너무나 소중한 기회이기 때문에 한 번 간 김에 오랫동안 체류하는 방법으로 진행되어서 24박 25일씩 다니셨다. 덕분에 독일에서 아버지가 병환이 나는 바람에 그곳의 병원 신세를 지기도 했고, 어머니는 딱딱하고 맛없는 빵을 못 먹어서 여행이 고행이 되기도 했단다. 그때는 여행상품도 세련되지 못했고 경험이 없어서 사서 고생들을 한 셈이다. 그러나 어느새 청년들도 배낭여행을 해외로 가고, 대학생 때는 어학연수라도 다녀와야 하는 분위기가 조성되었다. 젊은 사람들에게 이런 경험은 나중에 열심히 일해야 하는 때, 정신적인 힘이 될 수도 있다고 생각한다.

나도 50대 초반에 동창들과 유럽으로 장거리 여행을 갔다. 영국 히드로 공항까지 열세 시간을 이코노미 좌석에 앉아서 꼼짝없이 견뎌야 하는 건 예상을 못 했기 때문에 그런 고역이 없었다(인터넷도 없던 시절이라 알아볼 생각도 못 했다). 나는 좀 예민한 편이라 비행기 안에서 잠을 조금도 잘 수 없어서 미칠 노릇이었다. 게다가 우리는 부산에서 출발해야 했기 때문에 같은 날 김해공항에서 출발해서 김포공항에 도착했다가 다시 인천공항으로 이동해야 했고, 그러느라고 당연히 그날 새벽 4시 반에 기상했는데도 잠을 잘 수 없으니 제정신이 아니었다. 이때부터 장거리 비행이 공포로 다가왔다. 게다가 패키지여행이라 일정을 다 따라 소화하자면 여간 힘든 게 아니었다. 밤 10시에야 그날 일정이 끝났는데 뒷날 아침 7시 반에 아침식사를 끝내고 버스 앞에 모이라는 지침이 내린다. 그러니 이건 강행군이다.

귀국길 독일의 프랑크푸르트에서 한국으로 오는 비행기를 탈 때 깜빡하고 신경안정제를 트렁크에 넣어서 수하물로 부치고 보니, 다시 열세 시간 동안 꼼짝없이 이코노미석에 갇혀 있어야 하는 신세가 되었다. 나는 이때 해외여행에 학을 떼고 말았다. 일본 여행을 갔을 때는 다른 친구들이 원숭이쇼를 보는 동안 화장실에서 변비와 사투를 벌여야 했고, 인도네시아에서 하루종일 에어컨을 켠 상태로 지내다가 잠을 설치고 발리로 족자카르타로 돌아다니다가 한국으로 오는 짧지 않은 비행 끝에 그만 급성 좌골신경통이 발생해서 한동안 한의원에서 침을 맞고 병원을 전전했던 기억이 있다. 뒤에 베트남에 갔을 때 전용 유람선을 타고 하롱 베이를 돌았는데, 그래, 이게 여유 있는 여행이지 싶어서 그제야 좀 편하다는 생각이 들긴 했다. 그후 여권을 연장해야 할 시기가 되었지만 일삼아 교체하지 않았다. 어쩐지 나는 여행 체질이 아닌 것 같아서 더이상 해외 어디로 다니고 싶은 마음이 없어졌기 때문이다.

게다가 남편이 학회 일로 중국에 갔을 때 사달이 생겼다. 북경에서 장가계까지 비행하는 동안 고소공포증 증세를 느껴 빨리 도착하기만을 바라고 두 시간 넘게 버티고 있었는데, 기장이 방송하기를 악천후로 비행기가 착륙할 수 없어서 도로 북경으로 돌아간다는 것이었다. 그 방송을 듣고 죽어버리는 줄 알았다면서 남편은 그때 자신이 고소공포증이 있다고 확신하고는 다시는 비행기를 타고 싶지 않다고 선언하는 바람에 둘이서 가는 해외여행은 다행히도 한 번도 하지 못했다. 내가 볼 때 그 전날 마신 술의 숙취가 심해서 죽을 맛이었던 거라고 짐작만 한다. 가끔 제주도라도 가게 되면 약을 먹고 법석을 떨었다. 술을 끊지, 이 양반아!

해외여행 자유화가 되기 전에는 당연히 누구도 해외여행을 못 가서 박탈감을 느끼거나 하지는 않는 것 같았다. 그런데 이제 누구나 해외로 여행을 다니는 세상이 되니까 해외여행을 못 간 것이 그렇게나 또 사람을 열패감에 젖게 만드나보다. 한동안 해외여행 붐이 일어 전 세계 사람들이 전 세계로 싸돌아다니더니 코로나 시대가 도래했다. 그런데 코로나 시국 동안 외국 여행을 못 해서 이후에 공항으로 몰리는 인파를 보고는 '보복 여행'이라는 말을 붙이는 것을 보고 나 같은 사람은 웃지 않을 수 없었다. 멋모르고 친구들이 이끄는 대로 이곳저곳을 좀 다녔지만, 나는 전혀 여행 체질이 못 된다는 결론을 내렸다.

여행을 가면 첫째로 집에서도 잘 못 자는 내가 잠자리가 바뀌니 더 못 자는 건 당연하다. 게다가 위장이 좋지 않으니 낯선 음식에 소화도 잘 안 된다. 약을 많이 챙겨가지만 꼭 변비가 발생한다. 이러니 내가 여행 가는 것이 좋을

리가 있나. 때때로 모임에서 국내 여행을 하는 경우도 있고 친구들끼리 짧은 여행을 가기도 하지만, 체질상 돌아다니는 것을 즐기는 편이 아니다. 그런데 여행 체질이라는 게 있기는 한 모양인지 내 언니의 경우는 항상 소화가 안 되고 컨디션이 나쁘다고 징징대다가도 해외여행이라도 가면 몸의 컨디션이 훨씬 좋아진다는 거다. 여행 가서도 컨디션이 안 좋다며 처져 있다가도 쇼핑몰에 가면 눈을 반짝이며 살 것들을 발견하곤 하는데, 나는 쇼핑이 제일 자신 없는 부분이라 여행의 재미가 반감하는 게 아닐까 생각한다. 뭘 굳이 사고 싶은 게 있어야지.

사실은 여행이 내 상상과는 너무 괴리가 커서 여행이 고역이라는 생각을 하게 된다. 상상 속에서는 백두산 천지가 얼마나 신령스럽고 성스러운 곳인지 기대가 부풀지만, 막상 직접 가보면 가이드가 혹시나 악천후 때문에 못 보고 올 수도 있을 때에 대비해서 3대가 공덕을 쌓아야 천지를 볼 수 있고, 시시각각으로 바뀌는 날씨도 천지 관광에 한몫하기 때문에 온갖 대비를 해야 한다는데 벌써 진이 빠진다. 실제로 맑게 갠 백두산 천지를 봤지만 그래 뭐, 싶은 생각이 들고, 올라갈 때부터 조를 나누어서 이상한 지프 같은 차를 타고 올라가는데 아무런 정서적 감동이 없었다. 괜히 기대한 내 잘못이지.

교황이 있는 바티칸시티에는 입구부터 줄이 몇 미터나 늘어서 있었고, 세계 각국에서 온 관광객들이 온갖 말로 떠들며 마치 도떼기시장 같은 분위기라 줄줄이 밀려서 지나가기만 했고, 뭔가 눈여겨볼 기회가 없었다. 패키지가 아니면 따로 표를 구입하는 것부터 줄을 서야 하니, 우리로서는 엄두도 못 낼 일 아니냐. 요즘 젊은 사람들은 언어능력도 되고 스마트폰으로 길도 잘 찾고 인터넷 사용도 잘하니까 자유여행이 쉬울 테니 어떨지 모르겠는데, 나는 에펠탑에 올라갈 때도 줄줄이 떠밀려서 올라갔다가 내려온 기분이었고, 영화에서 본 자금성의 넓은 광장과 조용한 엄숙함은 어딘가로 날아가버리고 자국민(중국인들은 얼마나 자신들의 궁궐을 제대로 보고 싶어할 것인가)과 외국인들이 섞여서 뒤죽박죽이 되어 있고, 나는 영락없이 사람이 한꺼번에 많이 모이는 곳을 견디기가 어려운 체질인 것이다. 〈모나리자〉를 본다고 루브르 박물관에 갔지만 인파가 하도 몰려 있어서 저어기 〈모나리자〉가 있대, 그러고는 다른 관으로 갔다. 도대체 뭘 보러 다닌 건지, 지금은 어느 나라든 조금만 소문이 났다는 명소는 사람들로 북적인다.

언젠가 예전에 같이 합창 연습을 하던 친구와 점심을 먹다가 여행 이야기가 나와서 우리 남편은 고소공포증이라 비행기를 못 타서 같이 해외여행을 못 가봤다는 말을 했더니, 너는 참 좋겠다는 뜻밖의 대답을 한다. 물음표를 한 눈으로 봤더니, 자기 남편은 언제나 세계를 돌아다닐 생각만 하고 자기가 교사 생활할 때 방학이 되면 어디 어디로 갈 계획을 세워놓고 친구의 눈치만 보는 바람에, 속으로 방학 동안 좀 쉬고 집에서 못 한 일도 하려 했는데 경제적인 계획마저 어긋나버리니 여러모로 싫었다는 거다.

이렇게 사람은 각각이 다 다르다. 그런데도 요즘은 모조리 해외여행이 삶의 목적이라도 된 듯 해외여행을 자주 가는 사람이 잘나가는 인생을 사는 것처럼 생각하는 것 같다.

『숲속의 자본주의자』(박혜윤, 다산초당)를 읽다가 이런 구절을 발견했다.

"나 자신을 진짜 찾고 싶은 사람은 나 자신에서 떠나봐야 한다는 것. 『오디세이』에서 가장 중요한 모티브는 고향을 떠났다가 다시 돌아오는 행위다. 흔히 집을 떠나야 가장 나다운 나를 발견한다고 해서 여행을 찬양할 때 쓰는 비유다. 하지만 꼭 낯선 장소로 이동하지 않아도 나를 나이게 하는 행동, 습관, 취향을 되짚어보고 버려본다면 그 과정은 오디세우스가 집으로 돌아오기 위해 겪었던 그 혹독한 여정만큼이나 의미 있는 여행이 될 수 있다."

이 구절에 동의한다. 이제 내 나이도 해외여행을 즐길 나이는 아니어서 친구들도 해외여행 가기를 권하지도 않지만, 그럼에도 가끔씩 떠나는 친구들과의 짧은 여행은 즐겁다.

한창 단풍철이라 같이 산에 다니는 친구들이랑 경주에 갔다. '천년의 숲'을 목적지로 내비를 따라갔더니 이상하게 포항의 어떤 아파트들이 많은 동네로 안내하는 바람에 한바탕 법석을 떨고 드디어 도착했다. 같이 간 친구가 여기는 시댁이 있는 동네라며 본래 임업 시험장이었다고 설명해서 그리 잘 아는 동네를 빙빙 돌아온 게 더 우스웠다. 사람들이 이렇게 잘 돌아다니게 된 데는 내비게이션의 발달이 한 몫했을 것이다.

요새는 어딜 가면 포토존이 정해져 있다. 메타세쿼이아 길과 외나무다리가 사진이 잘 나온다고 사진을 찍기 위

하여 줄이 길게 늘어서 있다. 젊은 세대들은 이런 줄 서기
도 잘하는데, 우리 세대는 줄 서는 게 귀찮아서 그냥 통과
한다. 점심을 먹고는 이왕 왔으니 불국사도 가자 해가지고
"너거들 주민등록증 다 가지고 왔지? 우리는 무료야!" 이럴
때 또 나이 많은 게 자랑스럽다. 그런데 불국사 입구에 갔
더니 무슨 일인지 모두 다 입장료가 무료란다. 사람 심리가
참 우스운 게 뭔가 심통이 나는 기분이다. 우리 늙은이만
무료였으면 더 기분좋을 것 같은 맘이라 이 무슨 고약한
심보일까 싶다. 가족 카톡방에 불국사가 전체 무료더라고
했더니, 아들이 "석굴암도 무료(알고 보니 전국 65개 사찰이
등산로가 겹치는 등의 문제로 다 무료란다)던데 거기도 갔다
오시지" 한다. "거기까지 가면 우리가 할매들이라 다 죽어"
라고 답했더니 "ㅋㅋㅋ ㅎㅎㅎ" 이런 글들이 달린다. 나는
해외여행 체질은 절대 아니지만, 친구들과의 하루 여행은
새롭게 즐겁다.

심란하고 난감하고 왕짜증 났을 때

서울로 유학을 가서 전라도 친구들을 사귀었다. 그 친구들은 '심란하다'는 말을 참 자주 사용했다. 처음 그 말을 들었을 때는 좀 우스운 생각이 들었다. 우리가 사는 동네에서 심란하다는 말은 문학적 표현이나 정말 심각한 사태가 발생했을 때 어른들이 사용하는 단어라고 알고 있었기 때문이다. 그런데 그 친구들은 방안이 조금만 어질러져 있어도 심란하다고 표현하고, 설거지 거리가 좀 많이 쌓여 있는 걸 보고도 심란하다는 말을 했다. 나는 그때까지 심란하다는 단어를 사용해본 적이 없었던 것 같다.

그 뉘앙스를 접하고 나니 그렇게 심란한 상황이 살림을 살다보면 자주 일어나곤 했다. 점심때 칼국수 만들려고 밀

가루 담아둔 양푼이 하필 손에 걸려 엎어졌을 때 아주 대단히 심란했고(그때는 심지어 아직 청소기도 나오기 전이었다. 미쳐버리는 줄), 김치 그릇을 냉장고에 넣으려다 받침대에 부딪쳐서 쏟았을 때의 그 심란함이라니. 채소통 속까지 김칫국물이 스며들고 식탁 다리에 튀어 있는 김칫국물을 닦고, 예정에도 없던 냉장고 대청소를 하고 나면 불그죽죽한 행주(일급 주부라면 당연히 흰색 면행주를 사용한다)까지 삶아 빨아야 하니, 그야말로 심란함의 극치를 보여주는 광경이었다.

옛날에 대학교 다닐 때 언니랑 자취를 했다. 여름방학에 고향 다니러 갔다 올 때 어머니가 조금 큰 유리병에 고추장을 담아주었는데, 이걸 가지고 와서는 그냥 부엌에 두었다. 그 당시의 부엌이라 해봐야 겨우 사과 궤짝 두 개 포개놓고 찬장으로 쓰던 시절이었고, 게다가 부뚜막 바로 옆 조금 높은 곳에 신발을 벗어놓고 방으로 들어가는 구조였다. 고추장을 부뚜막 제일 안쪽에 두고 한 며칠 지났나. 방 안에 앉아 있는데 펑! 하면서 폭탄 터지는 소리가 났다. 깜짝 놀라서 방문을 열어보니 세상에나 만상에나 고추장이

폭발을 한 거라. 그때는 살림을 제대로 살 줄 모를 때니까 고추장 뚜껑을 꽉 돌려 잠그고는 그대로 방치를 해둔 거지. 이 고추장이 부글부글 끓면서 가스를 많이 저장하고 있다가 한계에 다다르니까 펑! 하고 터진 거라. 이름하여 고추장 폭탄 사건, 그때 참 그 난감함이라니. 온 부엌에 고추장이 점점이 튀어 있고 옆에 벗어놓은 신발이며 심지어는 이게 부엌 천장에까지 발사가 되어 있었다. 그때 나 참 심란했는데, 지금 생각해도 아찔하네. 우리 다음에 그 집으로 이사온 사람은 높은 천장에 시꺼멓고 딱딱하게 굳은 채 붙어 있는 게 무엇인지 절대로 모를 일이었다.

몇 년 전 아직 가스레인지를 사용할 때의 일이다. 내열 유리로 된 냄비에 매운탕을 데우려고 가스불을 켰는데, 이게 얼마 지나지 않아 픽! 소리를 내면서 터져버렸다. 참 난감하기가 이루 말할 수 없었다. 유리가 산산조각 나서 흩어지고 매운탕이 가스레인지 불도 꺼뜨리고 속으로 스며들어버렸는데, 이걸 어째야 쓰까(뜬금없이 전라도 말이 나온다), 참 난감하기가 말할 수 없는 지경이 되어버린 것이다. 그런데 이때 깨어진 유리 조각이 날카롭지가 않고 알갱이처럼 작게 부서져 우수수 흩어졌는데 쓸어담아서 치우기는 어렵지 않았다. 그러나 다 치웠다고 생각할 만큼 꼼꼼히 청소하고(물론 가스레인지 청소가 쉽지는 않았지만), 어쨌든 그 난감한 상황을 다 마무리했다고 생각하고도 몇 달에 걸쳐서 어느 때는 냉장고 밑에서 유리 조각이 나오고, 싱크대 틈새에서 다시 유리 조각이 나타나기도 해서 오랫동안 좀 공포스러웠다.

아이들이 아직 초등학교 저학년일 때는 둘이 같은 방을 썼다. 그런데 한밤중에 위층에서 물벼락이 쏟아진 거라, 천장 형광등 쪽으로 폭포수처럼 쏟아져 이불이 다 젖고 난리도 아니었다. 긴급히 관리소에서 아파트 전체의 난방기를 다 잠그고 응급조치를 했는데, 위층 보일러가 터진 것이었다. 그때만 해도 아파트 시공 기술이 엉성했는지 이런 일들이 가끔씩 발생하고는 했다.

문제는 위층에서 사고가 나면 아래층이 고스란히 피해를 입는다는 사실이다. 큰 물줄기는 잡았지만, 그동안 고여 있던 물이 계속 떨어져서 다라이나 바께쓰 같은 것으로 받쳐놓고 물을 비워가며 배짱 좋은 위층 사람과 협상도 해야 하고, 공사하면 우리집이 더 시끄럽고 해서, 야 참, 그때 어떻게 수습하고 지나왔는지 세세한 사항이 기억나지 않는다. 내가 생각도 하기 싫었기 때문에 다 잊어버린 것이다. 참으로 심란하고 난감하고 왕짜증 나는 상황이었다.

해마다 장마가 지고 홍수가 나서 뉴스에서 집이나 가게가 물에 잠기는 피해 상황을 보여주면, 아이구야 저걸 다 어떻게 해결하나 싶은 생각에 보고 있기도 힘이 든다. 아이고, 저건 말려도 다시 쓸 수도 없을 텐데 싶고 내가 같이 울고 싶은 심정이 든다. 저 사람들은 지금 얼마나 심란하고 난감하고 왕짜증이 날까 하는 생각을 하는 것이다.

우리 어릴 적에는 여자애들은 자전거를 타지 못하게 길렀고, 당연히 여자들은 자전거를 안 타는 건 줄로만 알고 자랐기 때문에 나도 자전거 탈 줄을 몰랐다. 나이 먹고 나서 자전거를 배워보고 싶어서 동네 빈터에서 자전거를 배웠다. 어찌어찌해서 자전거를 대충 탈 수 있게 되었는데, 잘못하여 통째로 쓰러지는 바람에 어깨를 다치고 말았다. 한동안 힘들어서 오른쪽 팔은 잘 쓰지 않았더니 이게 오십견이 되어버려서 1년 넘게 고생을 했다. 남편은 다시는 자전거 타지 말라고 엄포를 놓았다.

　다시 몇 년이 지나고 나니 자전거 타고 바람을 맞으며 쌩 달렸으면 좋겠다는 생각이 들었다. 다시 문화센터 자전거 배우기 수업에 등록하고 몇 주 동안 수영만 요트경기장에서 실습하고 나니 이제 대충 좀 탈 수 있을 것 같았다. 팔자로 돌고 직진도 하며 원형으로 돌기도 했는데, 갑자기 바람이 불어서 모자가 날려가는 바람에 본능적으로 이것을 잡으려고 한 손을 올리다가 그만 앞으로 쏟아지듯이 꼬꾸라지고 말았다. 얼굴이 정면으로 땅과 부딪쳐서 입술 안쪽이 찢어져 피가 났다. 아～ 참 또 어쩌냐? 심란하기가 말로 다 할 수 없었다.

　무엇보다 남편이 다시는 자전거 타지 말라고 했기 때문에 자전거를 타다가 다쳤다고 할 수도 없어서 요가하다 엎어졌다고 둘러대었다. 처음에는 입술 안쪽만 찢어진 줄 알고서 성형외과에서 응급조처로 몇 바늘 꼬매고 며칠 동안 입술이 퉁퉁 부어서 외출도 못 하고 있었는데, 얼마 지나고 보니 그전에 브릿지했던 앞니까지 흔들리고 다시 해야 되게 생긴 거라, 난감하기가 이루 말할 수 없었다. 그런데 이 치과 치료가 잘못되는 바람에 돈도 많이 들고 고생

도 많이 하고 참 누구에게 말도 제대로 못하고, 나 혼자 난 감하고 왕짜증 나고 이때부터 잠을 잘 잘 수 없게 되었다. 낮 동안에는 크게 느껴지지 않는데, 자려고 누우면 입술과 앞니 사이쯤이 불편해져서 쉽게 잠에 진입할 수 없게 되어 꽤 오랫동안 고생했다. 사람이 어쭙잖은 일로 이렇게 크게 영향을 받는구나 싶었다.

우리가 살아오는 동안 다 평온하고 별일 없이 살 수는 없다. 이 정도의 소소한 불편은 누구라도 겪을 수 있는 일 이지만, 실제 사는 집에 수해나 화재가 나거나 아니면 교통 사고가 크게 나거나 갑자기 심각한 질병의 선고를 듣거나 하면 얼마나 막막할까. 그러니까 심란하거나 난감하거나 왕짜증이 나는 정도는 어쨌든 어찌저찌 해결할 수 있는 좀 불편한 일들에 불과한 것이다. 전 지구적 대책 없는 큰일 들을 생각하면 그나마 이 정도로 살아올 수 있었던 것도 행운이다 싶다. 제발 기후위기나 자연재해, 대형 산불 이런 단어를 사용하지 않아도 되는 날들이 이어지길 기원한다.

다 지나간다

돌아보면 그동안 맺어왔던 모든 인간관계가 지속적으로 이어지지는 않는다는 게 확실하다. 옛날에야 시골 한동네서 나고 자라 계속 그곳에서 살거나, 결혼이나 취직을 해서 도시로 나가더라도 가끔은 다시 고향으로 돌아와 서로의 안부 정도는 들을 수 있었겠지만, 지금처럼 모두가 파편화되고 뿔뿔이 흩어진 때엔 다시는 소식조차 듣지 못하는 수도 있다.

학교 다닐 때 단짝친구는 어떻게든 줄기차게 인연을 맺어오고 있다. 젊었을 때 같은 동네에서 친하게 지낸 이웃, 직장 동료, 아이를 같은 학교에 보낸 학부모끼리 가까이 지내기도 했다. 그러다 이사를 가고, 심지어 이사간 집에 집들이도 갔다. 하지만 직장을 그만두고, 아이들이 커서 상급 학교로 진학하는 등 환경이 바뀌면 그동안 알고 지내던 관계들이 차츰 소원해진다. 개중에는 아주 특별히 서로가 잘 맞아서 관계를 오래 끌고 가는 경우도 있지만, 이렇게 낱낱이 만나서는 관계가 그렇게 오래가지 않는다. 세월이 오래 가고 보면 한때 친했던 사람도 이름이나 얼굴조차 가물가물하고 기억도 잘 나지 않는다. 생각보다 인간관계가 상당히 허망하다. 그러니 한때의 관계에 목매지 마라. 그래도 오래가려면 친목모임을 만드는 게 그나마 좀 지속적으로 인간관계를 이어나갈 수가 있다. 사람들이 툭하면 계를 하자는 말을 하고, 또 여러 관계 속에서 친목모임을 자주 만드는 게 다 이런 이유 때문일 것이다.

1960년대 초 남편이 대학 다닐 때는 지금 같은 동아리 개념과는 다른 문학 서클이 있었다. 선후배가 문학의 밤 행사를 열거나 동인지를 내고 시화전을 하는 등 같은 활동을 하면서 긴밀하게 지냈지만, 성인이 되고 직장생활을 하는 동안 좀 소원해졌다. 그동안 각자 시인으로 등단하거나 저서를 내거나 교수나 기자 약사 교사 의사 기타 등등의 직업인이 된 어느 날 부부 동반으로 모임을 가지게 되었는데, 역시 죽이 잘 맞아 여행도 같이 다니고 하다보니 여자들끼리도 너무 잘 맞았다. 남자들과 같이 만나려면 주말에나 만나야 하는데, 다들 바쁠 나이일 땐 그마저도 잘 안 모여져서 여자들만 주중에 모임을 만들었다. 남자들 모임명이 '간선회'라 여자들은 '지선회'라 했다. 그후로부터는 남자들이 '지선회'를 통해 서로의 소식을 알게 되고 여자들이 주도하여 여행도 가고, 하여간 주객이 전도되었다.

가만히 살펴보면 남자들은 지나간 시절에 대한 이야기들을 질리지도 않고 모일 때마다 해서, 여자들도 이들이 대학교 다닐 때 무슨 짓을 했는지 무슨 사건을 일으켰는지 다 알 정도이다. 모임이 결성될 땐 남자 회원이 10명이 넘었다. 세월이 가면서 갑자기 다른 나라로 이민을 간 집도 있고, 누군가는 이혼을 하고, 또는 중병에 걸려 오래 투병하고, 사람 사는 형태가 고스란히 우리 모임에 투영되었다. 이제 나이들을 더 많이 먹고 나니 남편들이 죽고 여자 중에서도 죽은 사람이 생기고, 결국 남자들도 몇 명 안 남았지만 여자들 4명이 모임을 하며 끝까지 남았다. 이 4명도 오랜만에 만나 점심을 먹으며 그래도 앞으로도 계속 만나

자는 다짐을 하고 헤어졌다.

남편의 대학교 같은 과 친구들의 친목모임도 있는데, 4명의 친구들과 그 부인들의 모임이다. 아이들이 어릴 때부터 모이기 시작했으니 거의 50년을 이어온 역사가 있구나, 아직 젖먹이들을 데리고 만나려니 집집이 돌아다니면서 만나서 하루종일 놀고 술 취한 남편과 아이 둘을 데리고 택시를 잡아타고 다니면서도 어쨌든 만남을 이어오고 있었다. 이 모임의 이름은 '동서남북'이다. 덕분에 아이들끼리도 잘 알고 넓은 의미의 가족 같다. 모든 집안의 애경사에 참여하고 인생의 희로애락을 같이 겪어내며 여행도 같이 다니고 어울려서 생을 지내왔다. 나의 남편이 죽고는 7명만 모여서 식사하고 커피도 마시고 추억담을 나누기도 한다. 남은 3명의 친구들도 80대니 건강이 안 좋아 병원을 다니고, 한 번 모임을 가지려면 날짜 조정을 위해서 한참을 조율해야 한다.

어느 날 만났는데, 이 나이 많은 남자들이 말소리가 너무 커서 주변을 둘러봐야 할 정도였다. 가만히 보니 이들이 귀가 어두워진 거다. 그러니 자꾸 목소리가 커진 것이다. 젊었을 때의 패기는 다 어디 가고 영감님들만 남았다.

내가 성당을 다니는 동안 영세 동기와 또 주변의 친구들과 모임을 만들어 같이 성가 연습을 하고 봉사활동을 하고 여러 이유로 자주 만났다. 하지만 이사를 가고 또 아프고 역시나 여러 이유(이제 나는 아예 성당에도 안 간다)로 와해되더니 겨우 3명이 남아서 일 년에 한두 번 정도 얼굴을 보는 것으로 흐지부지하고 있다.

사는 동안 이렇게 여러 이유와 인연으로 만든 모임들이 제법 되다보니, 한창 중년의 시기를 지나는 동안에는 망년회를 하는 연말쯤에 부부 동반으로 자주 나가니까 딸내미가 "연예인 부부, 오늘 저녁은 어디로 가시나요?" 이러면서 놀리기도 했다. 그러나 이젠 거의 다 정리가 되고 다들 모임 자체를 안 한다. 모두 다 챙겨입고 걸치고 어디 장소로 찾아가고 이런 것들이 귀찮단다. 그러니 아직 원기 충천하고 바쁘다 비명을 지르면서도 친목모임을 하고 그러면서 사는 게 젊은 시절일 게다.

그래도 쉽게 깨어지지 않고 길게 가는 모임은 여고 동창 모임이다. 모두가 그렇게 착실히 참석하지 않더라도 이런 모임은 쉽사리 없어지지 않기 때문에 동창회는 어디서든 줄기차게 이어져오는 모양이다. 아마도 뿌리가 튼튼한 모임이어서 그런 것 같다. 젊어서는 동창회가 탐탁지 않을 수도 있다. 어쩐지 과시적으로 느껴질 수도 있고 부정적인 면도 없지 않지만, 나이가 들고 오랫동안 타지에서 동창회를 하고 보니 그래도 중간에 어떤 이유로 만나서 만들어진 모임 보다는 탄탄한 느낌이 들고 동창들이 이만큼 모일 수 있다는 사실이 고맙게 느껴진다.

직장생활하던 동창 친구들이 정년퇴직하면서 가까운 거리에 있는 친구 몇이 근교 산에 다니기 시작했다. 매주 수요일 만나서 좀 걷고 벤치에 앉아서 수다를 엄청 떨고 점심 먹고 오는데, 인원이 늘어나서 8명이 되었다. 그럭저럭 15년이 넘었네. 그나마 60대에는 많이 걷고 매주 다른 산에 갔는데, 70대도 중반을 넘어가니 다리가 아프다는 친구도 있고 어딜 다녀봐야 거기가 거기라며 제일 나은 데가 '성지곡'인지라 이제 어딜 갈까 고민할 필요도 없이 성지곡만 가서 걸음은 조금 걷고 수다만 많이 떨고 온다.

이 모임의 명칭은 처음엔 진주여고인이 수요일에 모여서 성대하게 밥을 먹는다는 뜻으로 '진수성찬'이었는데, 어느새 '성지곡팀'이 되어버렸다. 그래도 이런 모임이 있어서 혼자된 노년의 인생이라도 마음이 든든하다.

한겨울에는 야외에서 수다를 떨기는 너무 추워서 식당에서 점심만 먹고 카페에서 커피를 마신다. 그러고 보니 우리 나이 대의 사람들도 요즘 젊은 사람들처럼 케이크를 판매하는 카페에서 시간을 보내는 것이 일종의 라이프스타일이 되었다. 그래서 젊은이들 중에 그렇게 바리스타가 되겠다고 희망하는 사람들이 많았구나. 요즘 조금만 도심 밖으로 나가면 경치 좋은 곳엔 죄다 이런 종류의 카페들 천지다. 이런 풍조도 다 필요해서 생기는 현상인가 싶다.

예전에는 밥을 밖에서 먹더라도 가까운 집에 가서 시간을 보냈는데, 이제는 아무도 자기 집을 제공하고 싶지 않은 시대가 된 것 같다. 그러니 친지의 집을 방문하는 일은 극히 줄어들었는데, 집의 인테리어에 들이는 관심은 또 왜 그렇게 요란한지 알 수가 없다.

나는 인류에 공헌하겠다거나 다른 인간의 발전을 위하여 노력하겠다는 인간을 신뢰하지 않는다. 뭔가 더 발전해봐야 지구만 망가진다. 모두 다 저 잘난 맛에 자기의 이익이 되는 방향으로 살아왔고, 부수적으로 인류에게 도움이 되었거나 또 감당할 만큼만 살아왔다고 본다. 흔히들 야망

을 가져라, 또 꿈꾸는 자가 성공한다 기타 등등, 요즘 애들 말로는 '갓생을 살겠어'라며 자신의 인생을 화려하게 장식해줄 이력을 만드느라 분주하다.

무라카미 하루키는 『바람의 노래를 들어라』를 쓸 무렵 자신의 주인공들이 반드시 지녀야 할 세 가지 요소로 유머, 친절함, 자기 억제를 들었다. 이 세 가지는 인간 존재의 본질에 속하는 것이 아니라 인공적인 것이라는 거다. 인간이 본질적으로 지니는 모순, 자아, 공포 따위는 쓰지 않아도 이미 존재하기 때문에 구태여 쓸 필요가 없으며, 자신의 주인공들에게 모든 것을 너무 심각하게 생각하지 말 것, 모든 사물과 나 사이에 적당한 거리를 둘 것을 요구한다. 인간으로서 가지는 부정적인 요소는 잠시 접어두고, 유머와 친절함, 자기 억제라는 덕목으로 가볍게 날아올라보는 건 어떨까? 심각한 모든 것들도 다 지나가기 마련이다.

98세에 타계한 중국의 석학 지셴린 선생이 95세에 펴낸 에세이 『다 지나간다』(허유영 옮김, 추수밭)라는 책이 있다. 제목은 도연명의 시에서 따왔다고 한다. 선생은 인류의 체인에서 내가 할 일은 고리의 역할을 충실히 하는 거라 했다. 나이를 이만큼 먹고 곰곰 생각해보니 모든 것은 이미

지나갔거나 지나가고 있거나 지나갈 것들이다. 그러니 인간
끼리의 관계를 너무 심각해하지 말고 가뿐하게 생각하고
유연한 마음으로 서로를 대하는 게 좋지 않겠나 싶다.

즐거운 어른

ⓒ이옥선 2024

1판 1쇄 2024년 8월 26일
1판 14쇄 2025년 1월 2일

지은이 이옥선

기획·책임편집 이연실
편집 박혜민 염현숙
디자인 이정민
마케팅 김도윤
브랜딩 함유지 함근아 박민재 김희숙 이송이 김하연 박다솔 조다현 배진성
저작권 박지영 오서영
제작 강신은 김동욱 이순호
제작처 천광인쇄사

펴낸곳 (주)이야기장수
펴낸이 이연실
출판등록 2024년 4월 9일 제2024-000061호
주소 10881 경기도 파주시 회동길 455-3 3층
문의전화 031-8071-8681(마케팅) 031-8071-8684(편집)
팩스 031-955-8855
전자우편 pro@munhak.com
인스타그램 @promunhak

ISBN 979-11-94184-03-4 03810

재단법인 진선재단
Cultural Foundation

* 이 책은 문화나눔의 통로 진선재단의 지원을 받아 제작했습니다.
  출판수익금 중 일부는 진선재단을 통해 취약계층 노숙인 및 홀몸노인과
  함께하는 '안나의 집'에 기부합니다.